妖《あやかし》たちの気ままな日常

廣嶋玲子

江戸の片隅で養い子の千吉《せんきち》と暮らす青年弥助《やすけ》は、実は妖怪の子預かり屋。夜な夜な妖怪達が子供を預けにくるのだった。そんな弥助の家の外にそっとたたずむひとりの妖怪、人恋しそうな彼女を弥助は家に招き入れるが……「軒先にたたずむもの」、石地蔵《いしじぞう》そっくりの妖怪が子供を預けにきた。だが三人の兄弟は仲が悪く喧嘩《けんか》ばかり……「仲の悪い三兄弟」、へちまそっくりの貸し道具屋の若旦那《わかだんな》が拾った手鏡、そこには……「迷子のへちま」等、妖怪達のにぎやかで不思議な日常を描いた短編９編を収録。可愛くてちょっぴり怖いお江戸妖怪シリーズ第３弾。

登場人物

梅吉《うめきち》
梅妖怪の子

津弓《つゆみ》
月夜公《つくよのぎみ》の甥

天音《あまね》（姉）　銀音《ぎんね》（妹）
久蔵と初音の双子《ふたご》の娘

弥助《やすけ》
妖怪の子預かり屋
の若者

千吉《せんきち》
弥助の養い子

玉雪《たまゆき》
弥助の手伝いをする
兎《うさぎ》の妖怪
王蜜《おうみつ》の君《きみ》
妖猫族《ようびょうぞく》の姫
久蔵《きゅうぞう》
弥助の家主
初音《はつね》
久蔵の女房《にょうぼう》。
華蛇族《かだぞく》の姫

月夜公《つくよのぎみ》
妖怪奉行所東《ひがし》の地宮《ちぐう》の奉行。
王妖狐族《おうようこぞく》
朔《さく》ノ宮《みや》
妖怪奉行所西《にし》の
天宮《てんぐう》の奉行。
犬神《いぬがみ》
鼓丸《つづみまる》
朔ノ宮の従者。
犬神
蘇芳《すおう》
華蛇族に
仕える蛙。
青兵衛の女房
青兵衛《あおべえ》
華蛇族に
仕える蛙《かえる》

飛黒《ひぐろ》
妖怪奉行所東の地宮の
筆頭烏天狗《からすてんぐ》
左京《さきょう》(弟)・右京《うきょう》(兄)
飛黒と萩乃の双子の息子
萩乃《はぎの》
飛黒の女房。
初音の乳母《うば》
なき
持たざる妖怪

みお
宗鉄の娘。
半妖《はんよう》
宗鉄《そうてつ》
妖怪の医者。
化けいたち
宗太郎《そうたろう》
貸し道具屋
古今堂《こきんどう》の若旦那《わかだんな》
細雪丸《ささめまる》
冬のあやかし
言霊姫《ことだまひめ》
弥助の家に来た物言わぬ妖怪

石蔵《せきぞう》
石地蔵《いしじぞう》そっくりの妖怪

十郎《じゅうろう》
仲人《なこうど》屋《や》

砂平《さへい》（長男）・ころ丸《まる》（次男）・どろ吉《きち》（三男）
石蔵の息子

あせび
妖怪奉行所東の地宮の武具師

〈その他〉

時津《ときつ》…………雌鶏《めんどり》の妖怪
朱刻《あけとき》…………雄鶏《おんどり》の妖怪
青藻《あおも》…………どじょうの妖怪
おこま………囚《とら》われの女の子
伊助《いすけ》…………ならず者

妖怪の子、育てます3

妖《あやかし》たちの気ままな日常

廣嶋玲子

創元推理文庫

CAREFREE LIFE OF YOKAI

by

Reiko Hiroshima

2023

目次

イラスト　Ｍｉｎｏｒｕ

妖怪の子、育てます3

妖《あやかし》たちの気ままな日常

プロローグ

お江戸の片隅に、どこにでもいるような若者がいた。弥助《やすけ》という名の、顔も背丈もごく普通の若者だ。

周りの人達は弥助のことを、優しく、人当たりのいい卵売りだと思っていた。

だが、弥助にはもう一つ、裏の顔があった。夜な夜な妖怪の子達を預かる、妖怪の子預かり屋という顔が……。

それに、家族もまた普通とは言えなかった。

弥助の養い親、千弥《せんや》は、たいそうな力を持つ大妖《たいよう》であったのだ。

人ならざるものではあったが、千弥はどんな親にも負けないほど弥助を守り、愛情を注いで育てていた。弥助も千弥を心から慕った。その正体を知ったときも、信頼は微塵もゆらがなかったほどだ。

だが、その千弥はもはやいない。

とある事件を経て、小さな赤ん坊になってしまったのである。

千弥としての記憶を全て失ってしまったその赤ん坊を、弥助は千吉《せんきち》と名づけ、弟として育てることを決めた。

千吉はすくすくと成長していった。本来は妖怪のはずなのだが、自分を人だと信じこんでいるせいか、妖力を発揮したことは一度もない。

だが、千弥を彷彿《ほうふつ》とさせるところはあった。弥助を異常なほど慕い、独占したがるところなど、そっくりだ。そして、弥助を守りたいと願うところも。

大好きな兄を守るために、人ならぬ力を手に入れたい。

その気持ちを募らせた千吉は、ついには幼馴染《おさななじ》みの双子《ふたご》の姉妹、天音《あまね》と銀音《ぎんね》と共に、妖怪奉行の一人、朔《さく》ノ宮《みや》に弟子入りしたのである。

この時、千吉は六歳、弥助は二十歳となっていた。

軒先に
たたずむもの

夏も終わりかけた夜のこと。

弥助は珍しく、一人であった。千吉は朔ノ宮のところに修業に行ってしまったし、預けられた妖怪の子もいない。

こんな夜は、母屋に暮らしている大家の久蔵《きゅうぞう》が酒を飲もうと誘ってくるのだが、今夜はそれもなかった。実家のほうに顔を出しに行くと言って、久蔵は夕方前に一家そろって出かけてしまったのだ。

そういうわけで、久しぶりに、しんとした静けさが弥助を包みこんでいた。

秋の虫の声に耳をかたむけながら、弥助は千吉の着物のほころびを直したり、ぬか床をかき回したり、水を汲んできて甕《かめ》にためたりした。

だが、そうした細々したこともすぐに片付き、やることがなくなってしまった。

手持ち無沙汰《ぶさた》に床に寝転がり、弥助は目を閉じた。

一人でいるのは落ちつかなかった。こうして静かにしていると、考えてはならないことがもやもやと頭に浮かんできてしまう。

深いため息をついた時だ。

ふと何かの気配を感じた。密《ひそ》やかな息遣いとでも言うべきか。

外に誰かいるような気がして、弥助は起きあがって、戸を開けてみた。

表には誰もいなかった。

だが、やはり気配がする。まるで隠れんぼをしている子供のような気配だ。隠れているのに、見つけてほしがっている。

そこで弥助は外に出て、小屋の横側に回ってみた。

はたして、そこには誰かがひっそりとたたずんでいた。

弥助は目をこらした。小屋の壁によりかかるようにして立っているのは、若い娘に見えた。青と桃色の撫子《なでしこ》模様の華やかな着物を着ていたからだ。だが、白い頭巾《ずきん》ですっぽり隠しているため、顔は見えなかった。

いわくありげな風情の娘。たぶん人ではないだろうが、危うさや嫌な感じはない。

そう見極め、弥助は声をかけた。

「誰だい、あんた？　うちに子供を預けに来たってわけじゃなさそうだけど、何か用か

い?」

弥助の問いかけに、娘は動かず、黙りこくったままだった。だが、関わりたくないというわけでもなさそうだ。

弥助には、娘がそわそわしているように思えた。

声をかけてもらえて嬉しいけれど、どう答えていいかわからない。

娘の沈黙には、そんな心の声がまじっているような気がした。

そこで、弥助はさらに言葉を続けた。

「休むつもりなのか、誰かを待っているのかは知らないけど、そんなところに突っ立っていると、蚊に食われるぞ。よかったら、あがっていきなよ。俺も今夜は一人で、話し相手がほしかったところなんだ」

娘はやはり答えなかった。だが、弥助が「じゃ、俺は先に行ってるよ」と、小屋に入ったところ、しばらくしておずおずと戸口から中をうかがってきた。

弥助は心の中でにやりとした。やはり自分の勘《かん》は間違っていなかった。この娘はとても恥ずかしがり屋で、だが人恋しいところもあるようだ。

「お、来たかい？　じゃ、ほら、あがりなよ」

娘は恥ずかしそうにあがってきて、弥助の前に行儀良く座った。だが、深くうつむいたままだった。頭巾を取ろうとせず、あいかわらず口も利かない。

「あんた、しゃべれないのかい？　それとも、しゃべりたくないだけかい？　まあ、色々事情があるだろうから、深くは聞かないでおくよ」

弥助がそう言っても、うんともすんとも言わないのだ。

だが、なんといっても弥助は妖怪達との付き合いには慣れていた。妙な癖やこだわりを持ったものに比べれば、しゃべらない相手くらい、どうということもなかった。それに一人でいるより、こうして客がいてくれるほうがいい。

相手ができたことを喜びながら、弥助は茹《ゆ》で卵を盛りつけた丼《どんぶり》をどんと娘の前に置いた。帰ってきた千吉が小腹を空かせていてはいけないと、いっぱい茹でておいたものだ。

「なんのもてなしもできないけど、とりあえずこれでも食ってくれ。自慢じゃないが、うちの卵はめちゃくちゃうまいんだぞ。あとは、そうだ、茶を淹《い》れるよ」

そうして物言わぬ客と弥助は向かい合った。

娘は茹で卵が気に入ったらしく、せっせと殻《から》を剝《む》いては、頭巾の下に卵を差し入れていった。脱がないままで器用に食べるものだと、弥助は感心した。

「どうだい？　うまいだろ？　はは！　そうだろそうだろ？　もっと食いな。遠慮なんていらない。俺も食うからさ」

弥助も茹で卵を頰張りながら、あれこれ世間話をしていった。

意外なほどに、娘は聞き上手だった。沈黙を保っていても、弥助の話を聞きたがっているのが伝わってくるものだから、弥助もどんどん饒舌《じょうぜつ》になっていった。

「え？　俺がおしゃべりだって？　いやいや、向かいの母屋にいる久蔵ってやつは、こんなもんじゃないぜ。おしゃべりどころか、うるさいのなんの。美人のかみさんとかわいい双子《ふたご》の娘がいるんだけどさ、久蔵にそのことについて話させたら最後だ。まず朝まで帰してもらえないし、延々と自慢話を聞かされるんだ。今夜は留守だから安心だけど、あんたもやつには見つからないようにしたほうがいいよ」

「そう言えば、最近知ったんだけど、やっぱり風変わりな妖怪ってのはいるんだな。わらじいっていうやつだ。左足に履かれていたわらじの付喪神《つくもがみ》なんだってさ。付喪神の仲人屋《なこうどや》の十郎《じゅうろう》さんが、今、わらじいのために相方《あいかた》を見つけてやろうとしているらしいけど、いまだに見つからないそうだ。ん？　相方？　右側のわらじの付喪神で、その名もわらばあっていうんだと」

「名前でおもしろかったのは、どな兵衛《べえ》だな。土鍋《どなべ》の妖怪でさ、よく大きな土鍋に化けて、人間の家に潜りこむらしい。何も知らない人間がそいつを使ってこしらえた料理は、信じられないくらいうまくなるんだって。でも、その人間のことが気に入らないと、どな兵衛は鍋の中にあった料理を全部食っちまうそうだ。俺のうちにも来てほしいけど、俺のことを気に入ってくれるかなあ？　……ん？　きっと気に入ってくれる？　そうかい。そう思うかい？　へへ、ありがとさん」

しゃべっていくうちに、やがて話題は千吉のことになった。

「知っているかもしれないけど、俺、弟が一人いるんだ。千吉って名前でね、これがもう、なんて言ったらいいか……そうだ。あんた、東《ひがし》の地宮《ちぐう》のお奉行を知っているかい？　月夜《つくよの》公《ぎみ》だ。あ、知ってる？　なら、話は早い。月夜公といやあ、震えが来るようなきれいな顔をしているだろ？　でも、俺の弟もそれに負けていないんだ。いや、ほんとだって！　それほどの顔をしているんだ。だから千吉を外に出すたびに、ちょいと心配になるんだよ。悪いやつが手を出してこないかって。誰かに黙ってさらわれるような子じゃないことはわかっているんだけど、やっぱりな……」

この世の誰よりも大切で、愛しい存在。守りたいと、心から思う。

その想いをこめた弥助の声は、自然に温かで柔らかいものとなっていく。

そんな弥助を、娘は微笑《ほほえ》ましく思ったようだ。頭巾の下で娘が笑っているのを、弥助は感じた。

「いや、自分でも親馬鹿ならぬ兄馬鹿だとは、わかっちゃいるんだ。でも、しかたないよな。千吉は本当にかわいいんだから。……俺の願いはさ、千吉が笑っててくれることなんだ。この先ずっと、あいつには幸せでいてほしい。で、その幸せをそばで見守っていけたらいいなって、そう思っているんだ」

人から見れば、じつにささやかな願いかもしれない。

だが、弥助にとっては、これに勝る願いはなかった。ある日突然、それまでの幸せが壊れる恐怖を、弥助は知っていたからだ。

それまで当たり前のように寄り添ってくれていた人が、突然いなくなる恐怖。

胸に大穴がうがたれるような喪失感《そうしつかん》。

思いだすだけでも、はらわたのあたりがしんと冷たく凍える。

思わず口を閉ざす弥助の前で、それまでじっと話に聞き入っていた娘がふいに動いた。立ちあがり、わずかにだが、かぶっている頭巾を引きあげたのだ。

白い肌、形のよい顎《あご》、そしてほんのりと桜色の唇が現れた。

顔の下だけをあらわにした娘に、弥助は目をぱちくりさせた。何をするつもりなのか、まるでわからなかったのだ。それでも、娘の口元には目が引き寄せられた。なんとも愛らしい唇だ。

見つめる弥助の前で、その唇がゆっくりと開かれた。

「きっと……そうなる……」

まるで春風のように柔らかな声であり、耳にやっと届くような小さなささやきであった。

だが、そこには力があった。

声に包まれ、大波に押し流されるような感覚に襲われ、弥助は何もわからなくなった。

ふと気づいた時には、仰向けになって床に倒れていた。

顔を横に向けてみたところ、娘の姿はどこにもなかった。

いつの間に去ったのだろうと、ぼんやりと思っていると、戸口がからからと開いた。だが、入ってきたのはあの娘ではなく、玉雪《たまゆき》だった。

玉雪は、畳《たたみ》一枚を占領するほど大きな白兎《しろうさぎ》の妖怪だ。だが、夜になれば、ころりと丸っこい女の姿となり、子預かり屋を手伝うために弥助のもとにやってくる。

倒れている弥助を見るなり、玉雪は顔をひきつらせた。

「もし、弥助さん！　いったい、あのぅ、どうしたんですか？　だ、大丈夫ですか！」

弥助にとりすがり、ゆさぶる玉雪の顔はもう蒼白《そうはく》だった。

「玉雪さん……あ、ああ、大丈夫だよ」

「でも、そんな床に倒れて……具合でも悪いんじゃ？　あのぅ、宗鉄《そうてつ》先生を呼んできましようか？」

「いや、ほんと大丈夫だって。ただちょっと……不思議なことがあって。というか、不思議な客が来てたんだよ」

「客？」

弥助は身を起こし、頭巾をかぶった娘のことを事細かに玉雪に話した。

話を聞き終え、玉雪はうなずいた。

「それはきっと、言霊姫《ことだまひめ》ですね」

「言霊姫？」

「あい。弥助さんもご存じでしょう？　言葉には力があり、あのぅ、口に出した願いや望みがそのとおりになることがある。そういうことを言霊といいますが、あのぅ、それをなしているのが、他ならぬ言霊姫なんですよ」

「それって……つまり、誰かが言ったことを叶える力があるってことかい？」

「あい。……でも、これは言わば諸刃《もろは》の剣。なにしろ、あのぅ、人はよくない言葉もたくさん言いますからねえ」

悪口。恨み言。ねたみのささやき。憎しみのつぶやき。誰かの死を願う呪詛《じゅそ》。

そして、それを聞いてしまったが最後、言霊姫は自分の意志に関係なく、それを叶えてしまうのだという。

「言霊姫にはつらいことなんでしょうね。だから、あちこちをさ迷い、あのぅ、一つのところにとどまることはないと聞きます。でも……時折、人恋しくなって、誰かの家の軒先にそっとたたずみ、あのぅ、中での会話に耳を澄ませるのだとか」

「…………」

「しゃべることはめったにありません。その言葉は必ず、あのぅ、本当になるからです。頭巾で顔を隠しているのも、あえて自分を不気味に見せるためだとか。……あのぅ、とても気の毒なあやかしと言えるでしょうねえ」

ため息をつく玉雪の前で、弥助はかすれた声で言った。

「言霊姫は……またここに来てくれるかな？」

「それはないでしょう。……弥助さんが何を考えているのかは、よっくわかりますけれど……」

悲しげに玉雪は目を伏せ、そして弥助は何も言えなくなってしまった。

あれは言霊姫だった。そのことを最初に知ってさえいれば！　ああ、なぜ無駄なことばかり話してしまったのだろう。

千弥にまた会いたい。千弥に戻ってきてほしい。

心の奥底に封じている願いを口に出していれば、叶ったかもしれないのに。

焼けつくような後悔に、息をするのも苦しくなった。

いや、まだ遠くには行っていないはず。今すぐ捜しに行こうか？　うまくすれば、見つけられるかもしれない。

いても立ってもいられず、思わず腰を浮かせかけた時だ。

戸がぱっと開き、千吉が花咲くような笑顔で飛びこんできた。

「ただいま、弥助にい！　会いたかったよ！」

別れたのはつい数刻前だというのに、会いたかったと、弥助に抱きつく千吉。

ぎゅっと抱きしめられ、その温もりを感じたとたん、弥助は夢から覚めたように正気に戻った。

いったい、何をしようとしていたのかと、自分の頭を殴りたくなった。

千吉に幸せでいてほしい。その幸せをそばで見守りたい。

弥助は言霊姫にそう話した。それに対して、言霊姫はわざわざ頭巾を引きあげ、「きっとそうなる」と言ってくれた。

今だからわかるが、あれは贈り物だったのだ。親切に自分をもてなしてくれた弥助への、言霊姫の気持ちだ。

そして、玉雪によれば、言霊姫が発した言葉は必ずそのとおりになるという。

「それだけで……十分だよな」

「ん？　何、弥助にい？　十分ってなんのこと？」

自分を見あげてくる千吉に、弥助は大きく笑いかけた。

「なんでもないよ。お帰り、千吉」

そう言って、弥助は千吉のことを抱きしめ返した。

仲の悪い三兄弟

石地蔵《いしじぞう》そっくりの妖怪、石蔵《せきぞう》は悩んでいた。

石蔵には子供が三人いる。長男坊の砂平《さへい》に、次男坊のころ丸《まる》、そして末っ子のどろ吉《きち》だ。どの子も手のひらに乗るほど小さく、丸っこく、三人並んだ様子は、まるでだんごを思わせる。

そんなかわいい姿にもかかわらず、この三兄弟はとにかく仲が悪かった。それぞれ性格も違えば、好みも違い、朝から晩まで喧嘩《けんか》ばかりしているのだ。やかましい口げんかから始まり、最後は泣きわめきながら取っ組み合いになる。

石蔵は穏やかで辛抱《しんぼう》強かったが、ほとほと疲れてしまった。

叱ってもなだめても、この息子達は言うことを聞いてくれない。ならば、少しでいいから息抜きをしたい。そもそも自分が甘すぎるからいけないのではないか。子供達から離れどうしたらいいかを、じっくりと考えたほうがいいのではないか。

悩む石蔵に、ある妖怪が助言をくれた。

「そんならさ、子預かり屋の弥助のところに行きなよ。弥助は人間だけど、いいやつでねえ。しっかり子供の面倒を見てくれるって、評判だよ。ものは試し、預けてみたらどうだい？　あんたはその間のんびりできるし、人間に預けられることで、あんたの腕白《わんぱく》坊主達も何か新しいことを学ぶかもしれないよ」

それはいいと、石蔵はすぐに子供達を連れて、子預かり屋の弥助のところに行った。

大きな一軒家の庭先にある、小さな小屋が弥助の住まいだという。小屋の戸を叩いたところ、中からとびきりきれいな子供が一人、出てきた。

雪の結晶のような華のある子供は、石蔵を見るなり、ぶっきらぼうに言い放った。

「弥助にいなら留守だよ。子供を預けに来たんなら、別の夜にするんだね」

「えっと、そういうおまえさんは……？」

「俺は千吉、弥助にいの弟で、留守番をまかされてる。……ほんとなら俺も一緒に行くはずだったのに」

どうやら、千吉はあまり機嫌がよくない様子だ。すねた顔には、子供とは思えないような凄《すご》みがある。

思わず尻込みしつつ、石蔵はうなずいた。

「そうですね。弥助さんがいないとあれば、出直しますよ。じゃ、おまえ達、帰ろうか」

とたん、石蔵の懐《ふところ》に入っていた三兄弟はいっせいに騒ぎだした。

「やだよ！　まだ家に帰りたくない！」

「このまま遊びに行きたい！」

「おもしろいことしたい！」

「お、おまえ達ときたら、普段は仲が悪いくせに、こういう時は息をそろえる。どうしてそうなんだね？　父ちゃんを困らすことばかり言って」

「やだやだやだぁ！」

「わあああっ！」

「こ、こら、静かにするんだよ。もう！」

あたふたしながら、石蔵が必死に子供らをなだめようとした時だ。ずいっと、千吉が前に出てきた。その目は冷たく光り、顔立ちがきれいな分だけおっかなかった。

「ここで騒ぐな。うるさい」

大きな声ではなく、怒鳴りつけたわけでもない。にもかかわらず、そこにはひやりとするほど鋭いものがこめられていた。

この子供は自分達に対して、一切の容赦も手加減もしてくれない。

そう肌で感じとったのだろう。ぴたっと、三兄弟は黙りこんだ。

たいしたものだと、石蔵は感心してしまった。

「千吉さんは偉いですね。ほんとにちゃんと留守を守っている。うちの子達に留守をまかせるなんて、あたしにはとてもできやしませんよ。弥助さんも、千吉さんのようなしっかりした弟さんがいて、さぞ自慢でしょうな」

ぴくっと、千吉の口元がかすかに動いた。どうやら嬉しくて、にやりとしかけたようだ。そのあと、ふいに、何かを思いついたかのような、何かを企んだかのような、そんな表情を一瞬浮かべた。

「ねえ、あんた、名前は?」

「い、石蔵です」

「石蔵さんか。弥助にいはあと少しすれば戻るはずだ。その間、俺がその子達を預かってやるよ。こう見えて、俺は子守がうまいんだ。弥助にいが手を焼く子供でも、俺が見ると、いつもおとなしくなるくらいさ」

「へ、へえ、そうなんですか?」

「うん、だから安心して子供らを置いていきなよ」

千吉の言葉に、石蔵は少し迷いながら子供達を見下ろした。三兄弟はひきつった顔をして、石蔵を見あげていた。

だめだめ！　やめて！

置いていかないでよぉ！

こんなおっかないにいちゃん、やだよぉ！

心底嫌がっているのがわかったが、石蔵はあえて心を鬼にすることにした。女房のおっちからもよく言われるが、自分はどうも子供に甘すぎる。わがまま放題に育ってしまっては、逆に子供がかわいそうだ。

「それじゃ……お言葉に甘えさせていただきましょうか」

「……っ！」

声にならない悲鳴をあげる子供達を、石蔵は懐からそっと払い落とした。

「父ちゃん！」

「うそ！　ほ、ほんとに置いていく気なのかい？」

「やだよぉ！　と、父ちゃん！　これからは、ちゃ、ちゃんと良い子になるから！」

「ごめんよ！　朝には迎えに来るから！　ということで、千吉さん、あとは頼みますよ！」

すがりつく子供達を振り払い、石蔵は小屋を飛びだした。久しぶりに身が軽く、だが心は重かった。子供達を置き去りにして自由になったことに、妙な罪深さを感じてしまう。

「でも、すぐに迎えに戻ったら、あの子達のためにならないだろうねえ。……ここは一刻、いや半刻だけでも踏ん張らないと。だいたい、あの子達と一緒にいたら、我慢ならなくなりそうだったわけだしねえ。うん。やっぱり少し気を晴らしておかないと。幽玄茶屋《ゆうげんぢゃや》でお茶でも軽く飲んでくるとしようか。で、帰りにはだんごを包んでもらうとしよう。あそこのだんごは子供達も好物だしね」

早くも帰ることばかり考えながら、石蔵は幽玄茶屋に向かうことにした。


石蔵が去ったあと、取り残された三兄弟は恐る恐る千吉を見あげた。

こいつは手強い相手だと、三兄弟はすでに感じとっていた。優しく甘い父親には、いくらだってわがままを言えるが、この千吉にそんなことを言ったら、とんでもないことになるに違いない。

ひとかたまりになって震えている三兄弟に、千吉は冷ややかに言った。

「さっきも言ったとおり、俺は千吉だ。おまえ達、名前は?」

尋ねられ、三兄弟はお互いをつつきあった。

「砂平、まずおまえが名乗れよ。一番上だろ?」

「やだよ。おまえから言え、どろ吉。甘えん坊のおまえなら、うまくやれるだろ？」

「おいらにやらせるなんて、ひどいよ。真ん中のころ丸にいちゃんがいいよ。ころ丸にいちゃんが一番おしゃべりじゃないか」

「なんでそうなるんだよ！」

ひそひそと口論をする三兄弟に、千吉はうんざりしたようだ。

「おい、名前を言うのに、なんでそんなにかかるんだよ？　そこの灰色のおまえ、名前は？」

「こ、ころ丸、です！　じ、じ、次男坊です」

「じゃ、そっちの黒いの。おまえは？」

「お、おいらは末っ子の、ど、ど、どろ吉……」

「ってことは、おまえが長男か？」

「あ、は、はい。おいらは砂平です」

「ふん。確かに砂色だもんな。よし。名前は覚えたぞ。砂平、ころ丸、どろ吉。これから言うことを、よく聞け」

ずんと、千吉の声に凄みが加わった。

「もうじき俺の兄さんが戻ってくる。弥助にいに面倒かけたら、おまえらを石臼《いしうす》でひいて、さらさらの粉にしてやるからな。それだけはよく覚えておけ」

「ひ、ひひいいっ！」

「でも、良い子でいるなら、飴《あめ》をやる。どうだ？」

「飴？」

「飴、好きだよ！　うん、良い子でいるよ！」

「おいらも！」

たちまち目を輝かせる三兄弟に、千吉はふふんと鼻を鳴らしてから、一粒ずつ飴を渡してくれた。素朴な味わいの麦飴だ。

だが、ここでまた喧嘩が起きた。誰が一番大きな飴を取るかで、砂平とどろ吉が激しく争いだしたのだ。

「おいらが一番年上なんだから、おいらが一番大きなやつだ！」

「おいらが一番小さいんだから、早く大きく強くなれるように、大きな飴玉をもらうのが当たり前だよ！」

「はん！　おまえなんか、泥団子を食べてりゃいいんだよ」

「なんだよ！　兄ちゃんだからって、泥団子を馬鹿にするな！　あれ、うまいんだからな！　そっちこそ、砂ばっかりすすっているから、心までからからに乾いてるんだろ！」

「なんだとぉ！」

「なんだよ！」

ぎゃあぎゃあ、わあわあとわめきながら、つかみあう砂平とどろ吉。

いつものことなので、次男坊のころ丸は我関せずと、二番目に大きな飴玉をしっかりと選びとった。ああやって喧嘩をするくらいなら、こうやって二番目にいいものを自分のものにするほうが楽だと、ころ丸は思っていた。そして、そういうことを考えつける自分は、兄弟の誰よりも頭が良いと、悦に入っていた。

とはいえ、策を巡らせたとしても、兄弟喧嘩から逃れられないことも多い。

今回もそうだった。

あまりの騒ぎに嫌気が差したのか、千吉が前に出てきたのだ。

「うるさいやつらだな。そんなふうに喧嘩するなら、飴はなしだ」

「あっ！　ちょっと待って！」

「ご、ごめんなさい！　もううるさくしない！　おいら、そっちの小さいので我慢するから！」

「もう遅い」

そう言って、千吉は問答無用で飴をもぎとっていった。砂平達が争っていた飴だけでなく、ころ丸が抱えこんでいた飴もだ。

ころ丸は啞然《あぜん》とした。

「な、なんで？　おいら、喧嘩してなかったのに！」

「でも、止めようともしてなかっただろ？　高みの見物を決めこんで、あほらしそうに兄弟達を見てたじゃないか」

「それは……だって、止めたって無駄だし。ねえ、それ、おいらんだよ？　一度くれたんだし、おいらは良い子にしてたんだから、返しておくれよ」

「だめだ」

千吉はにべもなかった。

「おまえだけに残しておいたら、他の二人がほしがって、また喧嘩になるだろ？」

「……………」

「今から甘酒作ってやるから、それで我慢しろ。おとなしくしてるんだぞ」

そう言って、千吉はかまどがある土間へとおりていった。

ころ丸は恨みをこめて、兄弟達を睨《にら》みつけた。

「おまえ達なんか……ほんと嫌いだ」

砂平とどろ吉はさすがにばつの悪そうな顔をしていたが、ころ丸はそんな二人の顔さえ見るのも嫌だった。

怒りではちきれそうになりながら、ころ丸はぱぱぱっと小走りで戸口に向かった。それに気づき、千吉が声をかけてきた。

「おい、どこに行くんだ？」

「おしっこだよ！」

「そうか。なら、小屋から少し離れたところでやるんだぞ。手前の庭は、弥助にいが野菜を育てているからな」

「わかったよ！」

憤然と外に飛びだしたころ丸は、そのまま走り続けた。

家出してやる！

頭の中にあるのはそのことだけだった。

自分がいなくなったとわかれば、父親の石蔵もさすがに怒ってくれるだろう。「おまえさんを信じて預けたのに！」と、千吉をなじり、「おまえ達がいけない！」と、砂平とどろ吉を叱りつけてくれるはずだ。それを思い浮かべるだけで、愉快だった。

「砂平もどろ吉も、うんと怒られればいいんだ！　ざまあみろだ！」

だいたい、三兄弟の真ん中というのは損してばかりだと、ころ丸はいつもそう思っていた。一番上なら威張れるし、一番下なら甘えられる。でも、真ん中はどっちつかず。上と下にはさまれ、じつにおもしろくない。やりたいことは何もできないし、遊び場所を決めるのだって、砂平かどろ吉のどっちかだ。

「おいらが長男なんだから、おいらの言うことを聞け！」

「兄ちゃんのくせに、一番下のおいらの頼みを聞いてくれないなんて、ひどいや！」

そんな言葉をどれほど聞かされたことか。

「おいら、もう我慢なんかしないぞ！　するもんか！　みんなが捜しに来たって、すぐには帰ってやらないんだ。謝り倒してもらわなきゃ、気がすまないよ」

鼻息も荒く、怒りにまかせて歩き続けたころ丸は、やがて河原にたどり着いた。

当然のことながら夜の河原には誰もおらず、しんと静まりかえっていた。

だが、ころ丸はむしろ喜んだ。河原はつるつるとした小石だらけだったからだ。今夜は月も明るく、月光に照らされた小石はきらきらと光って見えた。そして、こうした小石は、ころ丸の大好物だった。

さっそく、ぽいぽいと口の中に入れていった。

「んまい！　ああ、やっぱり好きなものを好きなだけ食べられるっていいよぉ！　うちじゃ、すぐに砂平とどろ吉が邪魔してくるからな。小石はそんなに好物じゃないくせに、おいらだけがうまそうに食うのが気に入らないってさ。ほんと、やなやつら！」

兄弟への怒りをつぶやきながら、ころ丸は存分に小石を食らった。

腹がふくれたあとは、大好きな石積み遊びを始めた。きれいな平たい石をどこまで高く積み重ねられるかという遊びだ。

これも、兄弟がそばにいると、なかなか楽しめない。誰が一番高く積めるか、競争になるからだ。負けそうになると、他の兄弟の石をけとばして邪魔しあうので、すぐに喧嘩になる。

「ああ、こうやってのんびり石積みができるなんて、幸せだなあ。一人っ子だったらよかったのになあ。そうすりゃ父ちゃんも母ちゃんも独り占めできたのに」

しばらくの間、ころ丸は機嫌良く遊んでいた。

だが……。

だんだんと弱気になってきた。

仲が悪くとも、これまではいつも兄弟一緒だった。食べるのも遊ぶのも、眠る時も。それが今、たった一人で暗闇の中に立っている。闇は怖くはないが、一人でいることが無性に寂しく、つらくなってきた。

いや、そんなことあるものかと、ころ丸は強がった。

「悪いのはあいつらなんだ。おいらを家出させたのは、あいつらなんだから、うんと反省すればいいんだ。泣きながら謝れば、おいらだって、まあ、許してやってもいいし。それにしても……なんで捜しに来ないんだろう？」

もうずいぶん経ったはずなのに、周囲はあいかわらず静かで、ころ丸を呼ぶ声もまったく聞こえない。

「ちょっと小屋から離れすぎたかな？　ここにいるって、わからないのかな？　まさかとは思うけど、そもそも捜していないなんてことは……いや、それはないない。絶対にないさ」

しかたないと、ころ丸は立ちあがった。

「もう少し小屋のほうに近づいておいてやろうっと。ほんと手が焼けるよ。あいつらと兄弟だなんて、ほんとやになる」

ころ丸の独り言に、ふいに相槌《あいづち》が返ってきた。

「わかるなあ。兄弟なんて、ろくでもないよなあ」

ひえっと、ころ丸は体をびくつかせて、後ろを振り返った。

がさがさと、すぐ後ろの茂みが揺れて、ぬうっと、黒い大きな影が立ちあがった。

まだ若い男だった。なかなか整った顔立ちをしているが、目が鋭く、ずる賢そうな口元をしている。

いや、そんなことよりなにより、相手が人間であることがころ丸を慌てさせた。

人間には絶対に見つかってはいけない。

両親からきつく言われてきた決まり事だ。

それなのに、こうして見つかってしまった。焦りと驚きで頭が真っ白になり、逃げなくてはという考えさえ浮かばない。

ころ丸はただただ固まっていた。


おまえは何者かと人に聞かれたら、伊助《いすけ》は「悪党だ」と答えただろう。

まだ二十三歳という若さでありながら、伊助はどっぷりと悪に染まっていた。

主な悪事は人さらいだ。甘い顔を餌《えさ》にして、女達をだましては、あちこちに売り飛ばす。時には子供をさらうこともあった。

これまではそうやってうまく生きてきたのだ。

だが、伊助が身を置いているのは、悪党どもの巣窟《そうくつ》。しくじり一つで、命が簡単に取られる世界だ。

伊助は十分に気をつけていたつもりだったが、ついにやらかしてしまった。酒に酔い、親分の顔に泥を塗るようなことをしてしまったのだ。

このままではすまない。けじめとして指を詰めさせられるか、あるいは殺されてしまうかもしれない。

だから、すぐに逃げることを決めた。

身一つで町から飛びだしたので、当然、伊助の懐はすっからかんだった。どこに行くにしろ、何をするにしろ、まずは金がいる。その金をいったいどうやって手に入れたものか。手頃な子供か若い娘でも捕まえられればいいのだが。

だが、そうそう都合のいい相手が見つかるわけもなく、その夜はまた野宿となった。追っ手に見つからないよう、茂みの中に身を沈めて、秋の夜の冷えを我慢しながら眠ろうとしていた時だ。

小鳥のさえずりのようなつぶやきが聞こえてきた。

どうやら、子供がぴちゅぴちゅと独り言を言っているようだ。だが、どう考えてもおかしかった。こんな人気のない場所に、しかもこんな夜遅くに、子供がいるはずがないのだ。まさかとは思うが、水子の霊がうろついているのだろうか？

確かめるのは怖かったが、このままじっとしているのも耐えられず、伊助はそっと茂みをかきわけ、声のするほうに目をこらした。

月明かりの下、小さな影が動いているのが見えた。鼠《ねずみ》くらいの大きさだから、人ではありえない。だが、それは言葉を発していた。

化け物。

相手の正体を知り、伊助は血の気が引いた。

だが、ここで逃げたり、悲鳴をあげたりしたら、それこそ見つかってしまう。必死で息を殺し、小さな化け物が遠ざかるのを待つことにした。

ところが、そいつはなかなか立ち去ってくれなかった。だんだんと、声もはっきり聞こえるようになった。その声も、独り言の内容も、幼い子供のようだった。兄弟への不平不満をつぶやく様子は、恐ろしいとは真逆で、なんともあどけなかった。

こいつはもしかして、危険なやつではないのかもしれない。

伊助は拍子抜けしていった。同時に、むくむくと生来の悪党魂が頭をもたげてきた。

じっくりと伊助は相手を見つめた。

手のひらに乗るような小さな化け物。捕まえて見世物小屋にでも売れば、いい金になるだろう。

それに、どうやらこの化け物には兄弟がいるようだ。そいつらも一網打尽《いちもうだじん》にできれば、さらに大金が稼げるはず。遠くに逃げてやり直すためにも、ぜひとも捕まえたい。

大丈夫だ。できる。相手を化け物と思うな。人間の子供と思え。甘い言葉をかけて、兄弟達のところに案内させるんだ。これまでさんざん女子供をだまして、二枚舌の伊助とさえ呼ばれた俺だ。きっとうまくやってみせる。

自分を奮《ふる》い立たせ、伊助はついに化け物に声をかけた。

「わかるなあ。兄弟なんて、ろくでもないよなあ」

びっくりしたように固まる相手の前に、伊助はゆっくりと出ていった。

思ったとおり、化け物は子供だった。小石を重ねたような丸っこい姿に、灰色の肌。伊助を見る目には怯《おび》えが浮かんでおり、そのことに伊助はまず安心した。こちらを怖がるような相手なら大丈夫だ。どうにでも操れる。

自分の優位を確信し、伊助は親切そうな笑顔を作って、子供の前にしゃがみこんだ。

「おまえ、妖怪かい？　おっと。逃げなくたっていいぜ。俺は人間だけど、おまえの味方だ。だから、そう怖がるなよ」

「……で、でも、あやかしは人間に見られちゃいけないって……と、父ちゃん達が……」

「ああ、そうだよなあ。うん。おまえの父ちゃん達は正しいよ。でも、俺は特別だ。妖怪の友達なんだ。だから俺に見られたって、少しも困らないんだよ。父ちゃん達だって、おまえのことを叱ったりはしないって」

伊助のでたらめに、子供はっとしたようだった。おずおずと聞き返してきた。

「もしかして……兄さん、弥助さんって人かい？　子預かり屋の？」

誰だ、そいつ？とは、伊助はもちろん言わなかった。人違いをしてくれているのなら、そちらのほうが都合がいい。にっこりと笑って、うなずいてみせた。

「ああ、そうだよ。俺のこと、知っているのかい？」

「うん。おいら、今夜は弥助さんに預けられるはずだったんだ。でも、弥助さんが留守で、その、弥助さんの弟の千吉さんに預けられて……」

「そうかそうか。そりゃ悪かった。ちょいと野暮用《やぼよう》があって、留守にしてたんだよ。ところで、預けられたおまえがどうしてこんなところにいるんだい？　もしかして、兄弟喧嘩でもして、飛びだしてきたのかい？」

「わ、わかるの？」

「そりゃ、わかるさ」

「へえ、人間ってすごいんだねえ」

感心したようにつぶやく子供。もうすっかり伊助のことを信用している様子だ。

他愛ないぜと、心の中でほくそ笑みながら、伊助はさらに知りたいことを聞き出しにかかった。

「ま、ともかく、少し教えてくれ。おまえ、名前は？　どうして喧嘩なんかしでかしたんだい？」

「おいらはころ丸。三兄弟の、真ん中で……じつはさ、ひどいんだよ！　砂平もどろ吉も、あと、にいちゃんの弟の千吉さんも！」

堰《せき》を切ったように、ころ丸はぺらぺらしゃべった。伊助はそれを聞きながら、どうすれば自分の思いどおりにことが運ぶか、その計画をすばやく頭の中で組み立てていった。

そして最後に、これ見よがしに顔をしかめてみせた。

「かわいそうに。そりゃおまえの兄弟達が悪いよ。千吉もな。よしきた。俺と一緒に戻ろう。俺ががつんと、あいつらに大目玉を食らわしてやるから。よくもころ丸をいじめたなって」

「ほんと？　ほんとに言ってくれるのかい？」

「ああ、叱ってやるさ。だけど、俺はこのとおり人間で、夜はとんと目が利かねえ。よく知っている道もわからなくなっちまうんだ。おまえ、小屋まで俺を案内してくれないかい？」

「わかった。まかせておくれよ」

「おお、頼んだぜ。そら、俺の懐の中に入りな。運んでやるよ。で、俺はおまえの言うとおりに歩くからさ」

「うん！」

嬉々として飛びこんできたころ丸を懐に入れ、伊助は歩きだした。

　ころ丸のおかげで、ほどなく小さな小屋にたどり着いた。庭をはさんだ向こうには大きめの一軒家があり、明かりが見え、人の気配もした。

まずいなと、伊助は心の中で舌打ちした。こう近くに隣家があっては、ちょっとした悲鳴でも気づかれてしまうだろう。できれば、誰にも知られることなく、子供達をさらいたいのだが。

考えこむ伊助を、ころ丸が見あげてきた。

「どうかしたかい、弥助さん？」

「ん？　ああ、なんでもねえよ。ただ、ずいぶん小屋が静かだなと思ってな。もしかして、おまえの兄弟達も出かけちまったんじゃねえかい？」

「ううん。まだ中にいるよ。気配がするもん」

「そうなのか？　俺にはなんにも感じられないけどな」

「きっと結界のせいだよ。父ちゃんが言ってた。この小屋の周りには強い結界が張ってあって、小屋の中の音や気配を人間にはわからなくさせるんだって」

「あ、ああ、そうだった。そうだったな。うっかり忘れちまってたよ」

慌ててごまかしながらも、伊助はにんまりした。

中の物音は外には漏れない。なんとありがたいことだろう。

つくづく自分はついているようだと思いながら、伊助はころ丸に言った。

「それじゃ、まずは中の様子をうかがってみるか。おまえの兄弟達が反省しているかどうか、ちょっと見てやろうぜ」

「うん」

伊助は忍び足で小屋に近づき、ほんの少しだけ戸を開けて、中をのぞきこんだ。とたん、うわっと、それまで聞こえなかった声や物音が伊助の耳に飛びこんできた。

驚きながらも、伊助は目をこらした。

中は大変な騒ぎとなっていた。ころ丸とよく似た、だが色味だけは違う妖怪の子が二匹、ぎゃんぎゃん泣きじゃくっていたのだ。

「ころ丸が！　こ、ころ丸が帰ってこないよぉ！　きっと、野良犬にでも食われちまったんだぁ！」

「うわあああん！　ころ丸にいちゃん！　ごめんよぉ！　おいらが悪かったから、帰ってきておくれよぉ！」

そんな妖怪の子達をなだめているのは、六歳くらいの二人の娘達だった。双子《ふたご》だと、すぐにわかった。なんとも愛らしい顔立ちも、抜けるように色白なところも、見分けがつかないくらいそっくりだったからだ。

「ほらほら、泣かないの。大丈夫よ。弥助にいちゃんもじきに戻ってくるだろうし、すぐに見つけてくれるわよ」

「そうそう。あたし達の父様も一緒に戻ってくるはずだから、そうなったら全員で捜しに行きましょ。だから、ちょっと落ちついて。ね？」

慰める声まで同じだった。

そんな彼らのそばには、もう一人、男の子が立っていた。険《けわ》しい表情を浮かべていても、その顔立ちはぞくりとするほど美しかった。

「天音、銀音。ここはおまえ達にまかせていいか？　俺、ちょっと周りを見てくるから」

「だめよ、千。あんたを一人で外に出したりしたら、あたし達が弥助にいちゃんに叱られるもの」

「そうよ。もう少し待って。みんなで捜しに行けばいいんだから」

「でも、俺が預かったのに……子供がいなくなったって聞いたら、弥助にいがなんて言うか……」

唇を噛む男の子を、伊助は外からじっと見ていた。

なんてこった。すごい上玉ではないか。妖怪の子達はもちろんだが、あの子も絶対に連れて行こう。あれは高く売れるぞ。そして、双子もだ。贅沢《ぜいたく》な身なりをしているし、たぶん大店《おおだな》の娘達に違いない。こちらは身代金ががっつり取れそうだ。

運が向いてきたと思った時だ。ふいに、懐からころ丸が飛びだそうとした。伊助は慌てて捕まえた。

「おい、いきなりどうしたんだよ?」

「離しておくれよ。砂平とどろ吉があんなに泣いてる! あんなふうに泣くなんて、見たことないんだ。早く行って、安心させてやらないと」

「おいおい、それじゃ意味がないじゃねえか。あいつらにもっと反省させてやりたかったんじゃねえのかい?」

「もういいんだよ。そりゃ困った顔を見たかったけど、あ、あんなのは見たくないよ。戻らないと。ほら、離してよ」

「だめだ」

ぐっと、伊助は手に力をこめた。たちまち息をつまらせるころ丸を持っていた縄ですばやく縛りあげながら、伊助は薄く笑った。

「ここまで案内ご苦労だったな。あとは俺にまかせといてもらおうか。なあに。心配すんな。おまえら三兄弟、まとめて一つの見世物小屋に売り払ってやるからよ。三人一緒なら、どこに売られたって、そう悪くねえだろ？　なあ？」

そうして仕上げの猿ぐつわを噛ませたあと、伊助はころ丸を懐にねじこみ、大きく小屋の戸を開け放った。わざと息を切らせ、親切な人間になりきった様子で、慌ただしくまくしたてた。

「失礼！　ここは子預かり屋の弥助さんの家ですよね？　さっき、小さな妖怪の子が古井戸に落ちたんです。助けたかったんだが、手が届かなくて。弥助さんはいますか？　じゃなきゃ、誰でもいい！　あの子を引きあげるのに、手を貸してください！」

口八丁手八丁は伊助の得意技。それに、子供というのは「誰かを助ける」ということが好きだ。その純粋な気持ちを利用して、人気のない場所に連れ出してさらう。

これまでに何度も成功してきたやり方だ。今回もきっとうまくいくと、伊助は信じて疑わなかった。

はたして、妖怪の子達はぴゃっと悲鳴をあげて、飛びあがった。

「それ、きっところ丸にいちゃんだよ！」

「そうだよ！　ああ、井戸に落ちちゃったのか！　だから戻ってこられなかったんだ！」

「早く助けに行かないと！」

騒ぐ妖怪の子達に、双子も青ざめながらうなずいた。

「そうね。早く行きましょう」

「お兄さん、連れてってくれますか？」

「いいとも。こっちですよ」

ほくそ笑みながら、伊助は子供達に手を差しのべた。

「待て！」

鋭い声が飛び、ばしっと、伊助の手が払いのけられた。あのきれいな男の子が割ってはいってきたのだ。

子供とは思えないほど冷たくきらめく目で、男の子は射貫《いぬ》くように伊助を睨みつけてきた。

「あんた、俺達を売り飛ばすつもりだろう？」

「な、何を言うんだ！　失礼だな！」

伊助は動揺を隠すために、わざと声を荒げて怒ってみせた。

だが、男の子はびくともしなかった。

「あんたみたいなやつに、俺は慣れている。そういう目つきはすぐにわかるんだ。……やめときなよ。無事に朝を迎えたかったら、とっととここから出ていったほうがいい」

冷静な声に、伊助は負けを悟った。

この子はだめだ。だませない。

そして、男の子の言葉を信じたのか、伊助についていこうとしていた双子と妖怪の兄弟も、さっと後ろに下がったのだ。

芝居をやめて、伊助はことさらに冷酷な表情を浮かべてみせた。

「面倒くせえな、もう。ああ、そうだよ。俺は悪党さ。と言っても、おまえ達に手荒な真似をしたくはねえ。おとなしくついてきてくれりゃ、それでいい。でも、嫌だっていうなら、痛い目にあってもらうぜ?」

たいていの子供はこれでいっぺんに縮みあがり、逆らわなくなるものだ。

だが……。

男の子は嘲《あざけ》るような笑みを浮かべただけだった。そして、その後ろにいる双子はこれまた微妙な表情となった。なんというか、伊助のことをあわれむようなまなざしを向けてきたのだ。

「な、なんだよ！　おまえら、俺は本気なんだぞ！」

何かがおかしいと思いつつも、伊助は引き下がれなかった。こんな極上の獲物を前にして、おめおめ手ぶらで帰れない。

こうなったらと、伊助は懐からころ丸をつかみだし、子供達に突きつけるようにしてみせた。

「おまえらが言うことを聞かねえなら、このちびの首をへし折るぞ！　さあ、どうなんだ！」

「こ、ころ丸！」

「ころ丸にいちゃん！」

さすがにころ丸の兄弟達は悲鳴をあげた。

だが、男の子と双子は動じなかった。その目は伊助を見ていなかった。伊助の後ろを見ていた。

なんだと思ったところで、伊助は肌がびりびりするような、ものすごい気配を背後から感じた。

いる。何か恐ろしいものが。まさか、妖怪か？　ここは子預かり屋だというから、もしかして、親妖怪が迎えに来てしまったのか？

ぐずぐずしすぎたことを後悔しながら、伊助は恐る恐る後ろを振り返った。

鬼が二匹、仁王立ちになってこちらを見下ろしていた。

いや、鬼ではなく、人間の男達だ。年かさのほうは町人風で、身なりがよい。若いほうはもっと質素な風体だ。だが、どちらもすさまじい怒気、いや、殺気を放ちながら、伊助のことを睨みすえていた。

「おまえさん、誰だい？　なにやら物騒《ぶっそう》なことを言って、うちの子達をおどしてたようだけど、いったい何をしようってんだい？　えぇっ？」

自分のほうがよっぽど物騒な顔をしながら、年かさのほうが言えば、若いほうもずんと重たい声で唸《うな》った。

「まさかとは思うが、俺の弟に手を出すつもりだったとは言わないよな？」

逃げようと、伊助は瞬時に決めた。これまでさんざん悪事を働いてきたからこそ、わかるのだ。これは絶対に相手にしてはならないやつらだ。

猿のようにすばやい身のこなしで、伊助は男達に体当たりを食らわせた。そして二人がひるんだ隙をつき、小屋から飛びだした。

「逃がすか！」

「待て、この野郎！」

後ろから怒鳴り声が轟《とどろ》いてきたが、もちろん従うつもりはなかった。子供達を手に入れられなかったのは残念だが、幸いにして、ころ丸は捕まえたままだ。このまま逃げ切って、こいつだけでも売り払おう。そのためにも、今は死に物狂いで走らなくては。

いっそう、足に力を入れようとした時だ。甲高《かんだか》い悲鳴のような声が聞こえてきた。

「父ちゃん！　ころ丸が！　ころ丸がさらわれるぅ！」

「助けてやって！　父ちゃん！　父ちゃん！」

ころ丸の兄弟達の声だと思ったところで、どーんと、伊助は何か恐ろしく硬いものにぶつかって、激しく地面に倒れてしまった。

痛みをこらえながら、伊助はそれでも立ちあがり、ふたたび走ろうとした。

だが、できなかった。

伊助の前に、大きな石地蔵が立ちはだかっていたのだ。

どこから見ても、それは石地蔵だった。だが、本来穏やかであるはずのその顔は、閻魔《えんま》もかくやと言わんばかりの、すさまじい形相を浮かべている。

「うがあああああっ！　ぬおおおおおっ！」

訳のわからぬ奇声をあげて、鬼の石地蔵は伊助に襲いかかってきた。

「いやもう、お恥ずかしい。あたしは昔からそうなんですよ。たがが外れると、我を忘れて暴れてしまうんです。鬼石《おにせき》と、昔はそう呼ばれたもんです」

恥ずかしそうに頭をかきながら話す石蔵に、弥助と千吉、久蔵と双子の娘達はひきつった愛想笑いを浮かべながら相槌を打っていた。五人とも、石蔵とはちょっと距離を置いていた。さきほどの石蔵の暴れっぷりが、まだ目に焼きついていたからだ。

ぼろぼろの雑巾のようなありさまで転がっている悪党を横目で見ながら、弥助は言った。

「ま、まあ、殺さなかっただけ上出来だよ。なあ、久蔵？」

「ああ、そうだね。俺としてはちょいと感心しているよ。石蔵さんにあれだけ殴られて、まだ息があるたぁ、しぶとい野郎だ。……天音、銀音、ほんとにあいつはおまえ達に指一本触れていないんだろうね？」

「触ってないわ、父様」

「ほんとよ。触ろうとしてきたけど、千が払いのけてくれたの」

「そうか」

ぎゅっと、娘達を抱きしめながら、久蔵は千吉に目を向けた。

「千吉。この子達を守ってくれて、ありがとな。明日、好きなもの買ってやるから」

おいおいと、弥助が顔をしかめた。

「それは俺の役目だ。おまえは娘達に何か買ってやれよ」

「もちろん、この子達にも買ってやるさ。かわいそうに。怖かったよなあ、俺のかわいいお姫さん達。今夜のことを忘れられるよう、父様がうんと楽しいことをさせてあげるからなあ」

娘達に頬ずりする久蔵。

弥助は弥助で、千吉の頭を撫でてやった。

「本当に偉かったな、千吉。おまえがいなかったら、みんな、ちょっと危なかったかもしれないよ」

「へへ。たいしたことじゃないよ。あいつが悪いやつだってことはすぐにわかったし。それに、怖くもなかったよ。すぐに弥助にいが戻ってくるって、わかってたから。……まあ、石蔵さんがあんなに怖いとは思わなかったけどさ」

声をひそめる千吉に、弥助も同じように声をひそめてささやき返した。

「そうだな。こうして見ると、ほんと石地蔵そっくりなのに」

「うん。ほら、あの三兄弟もずっとおとなしく石蔵さんの懐におさまってるよ。うちに来た時は、石蔵さんの言うことなんて、聞きゃしなかったのに」

千吉の言うとおりだった。

砂平達三兄弟は、ひと串のだんごのように抱きしめあい、石蔵の懐の中にいた。至って静かなのは、自分達の兄弟喧嘩が危機を招いたことを反省しているのが半分、石蔵の凶暴な姿にすっかり怖じ気づいてしまったのが半分、といったところだろう。

　ここで、弥助は真面目な顔になり、石蔵に向かい合った。

「わざわざうちを頼ってくれたのに、役に立てなくて悪かったよ。子供をさらわれかけるなんて、ほんと、あっちゃならないことだ」

「いえいえ、これは勝手に外に出たころ丸のせいでもあるんですから。それに、こうしてみんな無事だった。だいぶ懲《こ》りたようだし、あたしとしては少し嬉しいくらいです。実家に戻っている女房も、帰ってきたら喜ぶでしょうよ」

「実家？　なんだい？　おかみさんと喧嘩でもしたのかい？」

「いえいえ、とんでもない。これでも夫婦仲はいいんですよ。女房はお産のために帰っているだけでしてね」

「お産！」

　びっくりする弥助達に、石蔵は嬉しそうにうなずいた。

「もうじき生まれるはずなんで。あたしとしては、できれば女の子がいいなと思っているんですよ」

「わかる！　女の子はいいぞぉ。俺が保証するよぉ」

　力強く言ったのは、もちろん久蔵であった。

後日、石蔵の女房おつちは無事にお産を果たした。生まれたのは女の子で、たまと名づけられた。

三兄弟は、小さな妹をそれはそれはかわいがるようになるのだが、それはまた別の話である。

迷子のへちま

「これは……まいったねえ」

貸し道具屋古今堂《こきんどう》のへちまこと、若旦那《わかだんな》の宗太郎《そうたろう》は深いため息をついた。そうすると、ふにゃりと長い顔がますます伸びて、へちまそっくりとなった。

だが、宗太郎がため息をつくのも無理はなかった。なにしろ、すっかり道に迷ってしまっていたのだ。

本来なら、それはありえないことだった。そもそも、宗太郎が歩いていたのはよく知っている道で、人通りもそこそこある往来だったのだ。

なのに、気がつけば、だだっ広いすすき野に立っていた。

宗太郎は目をしばしばさせてしまった。まったく知らない場所だった。宗太郎の胸元まで届くような長いすすきが、びっしりと地面を覆《おお》い隠し、かなたにまで続いている。人は見あたらず、墓場のように静まりかえっている。風さえ吹いてはいないのだ。

そして、さっきまでは確かに昼時だったはずなのに、ここでは太陽は沈みかけていた。空は赤く、すすき野もまた夕日によって真っ赤に染めあげられている。

なんとも不自然なものを感じさせる場所だったが、宗太郎を一番ぞっとさせたのは、自分の前に一軒の家があることだった。

こんなすすきしか生えていない野原には不釣り合いな、大名の屋敷を思わせるような立派な家だった。門も、その先にある戸も大きく開かれており、入ってこいと、宗太郎を招いているかのようだ。

だが、それがひどく怖かった。訳のわからぬ恐ろしさだが、宗太郎は自分の直感を信じた。

あの中に入ってはいけない。このまま無視して、どうにかしてこのすすき野を抜け出さなくては。

くるりと家に背を向け、宗太郎はできるかぎりの早足で遠ざかった。

方向も道もわからないが、とにかくこのまままっすぐ進むとしよう。

そう。宗太郎は間違いなくまっすぐ進んだはずだった。

なのに、気づけば、またあの家の前に立っていた。

その後も、宗太郎は何度もすすき野を抜けようとした。だが、無駄だった。どの方角に向かっても、必ず家の前に戻ってきてしまう。しかも、ずっと夕暮れだ。かたむきかけた赤い夕日は、いっこうに沈んでいく様子を見せない。

奇妙な箱庭の中に閉じこめられた心地がして、全身がぞわぞわした。

なぜこんなことになってしまったのか。

思いあたるものとしては、一つしかなかった。

「これはもしかして……おまえさんのしわざなのかい？」

つぶやきながら、宗太郎は胸元から小さな手鏡を取り出した。

銅製で、鏡面はほんのりと曇っている。だが、裏面にほどこされた細工は見事なものだ。一枝の南天《なんてん》の下で、子猫が一匹、身を丸くしているという意匠《いしょう》で、南天の実や葉、子猫の毛並みに至るまで、細かく彫りこまれている。

これを、宗太郎は道で拾ったのだ。

じつは、その時からちょっと違和感を覚えていた。

貸し道具屋の跡継ぎとして、宗太郎は子供の頃から骨董品《こっとうひん》に親しんでおり、その目利きはかなりのものだ。だからこそ、不思議だった。

この手鏡は古いが、上等な品だ。使いこまれており、持ち主はとても大事にしていたに違いない。

にもかかわらず、手鏡は道の横の大きな石の上にあった。まるで、わざと捨てられたかのように置いてあったのだ。

無視してもよかったのだが、どうにも気になり、とりあえず持ち帰ってみようと、手に取ったのがいけなかった。それからすぐに、宗太郎はこのすすき野に入りこんでしまったのだから。

「どうやら……あたしが拾ったのは、いわく付きの代物だったようだねえ。うーん。まいった。……これを捨てていけば、ここから抜け出せるかな?」

宗太郎は手鏡を慎重に地面に置き、ふたたび帰り道を探しに行った。

だが、これもだめだった。またしても家の前に戻ってきてしまったばかりか、地面に置いたはずの手鏡も、いつの間にかまた懐《ふところ》の中に入っていたのである。

しっかり者で辛抱《しんぼう》強い宗太郎だが、ここでついに逃げだすことをあきらめた。

理由はわからないが、自分はたぶん、この世界に招かれたのだ。招いたものが何者であれ、それは宗太郎に何かをしてほしがっている。だから、ここから出してくれないのだ。

「さすがに食われるってことはないだろうけど……しかたない。招きに応じるとしようかね」

覚悟を決めて、宗太郎は初めて家に向かって足を踏み出した。足音を立てないように気をつけながら、門をくぐり、家の奥をのぞきこんだ。

長い廊下がすうっと伸びており、その奥から小さなすすり泣きが聞こえてきた。

誰かいる。子供、のようだ。ひどくつらそうな泣き声は、聞くだけでも胸が痛くなる。

だが、これも罠かもしれない。こちらの同情を引き出し、油断させるつもりなのかもしれない。

「やれやれ。厄介事《やっかいごと》の気配がぷんぷんするよ。ほんとなら、今ごろは家で昼餉《ひるげ》にありついていたはずなんだけど。あたしもつくづく運がない」

ぼやきながら、宗太郎はそれでも前に進んだ。

意外なことに、一度入ってしまうと、あの意味もない恐ろしさは感じなくなった。家の中は掃除が行き届いており、空気も澄んでいる。肌がざわめくような嫌な気配もしない。悲しげな泣き声がすること以外は、至って静かで穏やかだ。

「なんなんだろうねえ、ここは?」

戸惑いながらも泣き声をたどり、宗太郎は一つの部屋へと入った。

そこはかなり広いもので、そして部屋の半分を区切るようにして、がっちりとした太い格子が取りつけられていた。

座敷牢《ざしきろう》だと、宗太郎はすぐに気づいた。家族にとって恥になる者、あるいは外に出せば悪事を働く者を閉じこめておく檻《おり》だ。

ああ、やっぱりここは普通の家ではなかったのだと、宗太郎は背筋が寒くなった。

そして、格子の向こうには、子供が一人いた。

八歳ほどの女の子だ。床にへたりこみ、しくしくと泣いている。髪は結わずにばさばさとたらしており、白い寝間着姿だ。袖や裾からのぞく手首や足首、それに首などは折れてしまいそうなほど細く、か弱く見えた。長い間外に出ていないのだろう。肌は白く、かさついており、そしてあちこち傷が残っていた。

傷は、古いものもあれば、まだ生々しく赤いものもある。何かで強く打たれたあざや、思いきり爪をたてられたかのような長いみみずばれ、固まりかけたかさぶたに、ぐじぐじと膿《う》んだもの。誰かがこの子を力任せにいたぶったのは、明白だった。

それらを見た瞬間、宗太郎の心は決まった。この不思議な世界にいるということは、この子はきっと、人間ではないのだろう。だが、そんなことはどうでもいい。ここから連れ出して、助けてやらなくては。

そっと格子のそばにまで歩みより、宗太郎は身をかがめて、奥にいる娘に優しく声をかけた。

「おじょうちゃん。おじょうちゃん。大丈夫かい？　いや、大丈夫じゃないよね。まぬけなことを聞いてごめんよ。……あたしはね、宗太郎っていうんだ。このとおり、長い顔をしているから、みんなからはへちまさんとか、へちまの若旦那って呼ばれている。おじょうちゃんは？　名前、なんていうの？」

最初、娘はすすり泣くばかりで答えなかった。だが、宗太郎が辛抱強く声かけを続けたところ、ついに顔をあげ、宗太郎のほうを見たのだ。

「へちま……さん？」

「そうだよ。あたしのことはそう呼んでくれていいから。で、あたしはおじょうちゃんのことをなんて呼んだらいい？」

「お、こま……」

「おこまちゃんか。うん、いい名前だね」

にこっと、宗太郎は笑ってみせた。

「さて、これでお互いのことが少しわかったね。そっちはおこまちゃんで、あたしはへちまの宗太郎。これでもう、見ず知らずの他人じゃなくなった。ってことで、次はもっと大事なことを話そうね。おこまちゃんは、どうしてその中にいるんだい？　教えてくれないかい？」

あくまで柔らかに優しく尋ねる宗太郎に、おこまは少し心を開いたようだ。目を伏せながらも、小さく答えてきた。

「あたし……隠れてるの」

「隠れてる？　何から？」

「……鬼」

短く、小さく、だが、はっきりとおこまは言った。

そんなものがいるわけがない、とは宗太郎は言わなかった。古物《ふるもの》を扱ってきたからこそ、宗太郎はよく知っていた。この世には、思いもよらぬ不思議なものや恐ろしいものが存在しているのだと。

それに、おこまには嘘をついている様子がなかった。怯《おび》えきった顔を見れば、わかる。

ここには鬼が出ると、宗太郎はひとまずそのことをしっかりと心に留めた。

「隠れているってことは、この部屋の中にいれば、鬼には見つからないってことかい？」

「うん。ここにいれば、大丈夫なの」

「……でも、その体の傷は、鬼にやられたものじゃないのかい？」

「そう。全部、ここに来る前につけられたの。でも、ここに隠れてからは、一度も鬼に捕まってないから、傷は増えてないの」

痛ましい言葉に、宗太郎は胸がきりきりした。それでもさらに尋ねた。

「鬼って、どんなやつなんだい？」

「…………」

「ごめんね。口に出すのもつらいだろうけど、あたしに鬼のことを教えてくれないかい？　どうしておこまちゃんを狙うのか、知っておきたいんだよ」

「……話したら、へちまさん、あたしのこと嫌いになるよ」

「どうして？」

「…………」

黙りこむおこまに、宗太郎は格子の間から手を差し入れた。突然伸びてきた宗太郎の手に、びくっとしたようにおこまは後ずさりした。

「ごめん。でも、怖がらなくていいよ。触られるのが嫌なら、あたしからは触らないからね。でも、わかってほしくて。おこまちゃんのために、あたしはこうして手を差しのべるよ。おこまちゃんが立ちあがるのに力を貸したいから。途中で引っこめるような真似はしない。怖いなら、遠慮なくしがみついてくれていい。……あたしは鬼じゃない。小さな女の子を傷つけるような鬼じゃないからね」

心をこめて繰り返す宗太郎に、おこまはついに重い口を開いてくれた。

「鬼は……大きくて、声もすごく怖いやつよ。顔は赤くて、目が吊り上がっているの。お酒の匂いをぷんぷんさせて、夕方にうちにやってきて、遊ぼうって、あたしを蔵の中に引っぱりこむの。遊びは……いつも鬼ごっこ。蔵の中でやるから、すぐに捕まって……そうなると、朝までぶたれたり蹴られたりした。おまえは悪い子。母親と同じ顔をしている。だから、捕まえて閉じこめておかないと。さもないと、母親みたいにどこかに行ってしまうだろうからって」

「……おこまちゃんのおっかさんは、どこかに行ってしまったのかい？」

「うん。いきなりいなくなっちゃった。ずっとそばにいるって、いつも言っていたのに……。か、母様がいなくなって、かわりに鬼が来るようになったの。あたしが泣いて母様を呼ぶと、鬼は笑うの。おまえの母親は絶対に戻ってこないぞって」

「……誰も助けてくれなかったのかい？」

「夜は鬼の力が強すぎたから。でも、朝になると、父様があたしを助けてくれた。あたしのために泣いてくれて、抱きしめてくれた。ごめんごめん、こんな目にあわせてしまってごめんって。父様は優しいの。ほんとにほんとに優しいの」

まるで自分に言い聞かせるように繰り返すおこま。

ぐっと、宗太郎は歯を食いしばった。そうでもしないと、唸《うな》り声が漏れてしまいそうだったからだ。

おこまの言葉から、鬼の正体がわかった気がした。おこまはわかっていないのか。いや、薄々気づいていても、あえてわからないふりをしているのかもしれない。なんと業深い話だろうと、胸が痛んだ。

だが、宗太郎はむりやり微笑《ほほえ》みを浮かべた。

「……そうかい。おこまちゃんは父様が好きなんだね」

「う、うん。好き」

顔をこわばらせ、目をさ迷わせながら、おこまはうなずいた。

「そう。あたしは父様が大好き。父様しかもういないから。……でも、ほんとは母様を捜しに行きたい。このまま二度と会えないなんて、いやだもの。ここで待っていても、母様はきっと来てくれないだろうし」

それにと、おこまはぶるりと身を震わせた。

「まだ鬼はあたしのことを狙っているの。この家の中には入ってこられないけど、いつも外から気配がするの。あたしをひどい目にあわせたくて、家の周りをうろうろしてる。それが怖くて……怖くて怖くてたまらないの。母様に会いに行きたいけど、怖いから外には出られない」

怖い怖いとつぶやいたあと、おこまは上目遣いで宗太郎を見た。

「へちまさん、あたしが嫌いになった？」

「えっ？　な、なんでそういう話になるんだい？」

「だって……あたしが悪い子だって、わかっちゃったでしょ？　鬼に狙われるほど悪い子って。お、お、鬼は……あたしが悪い子だから来るの」

「……それ、誰が言ったの？」

「鬼よ。おまえが悪い子だから、俺はおまえのところに来ることができるんだって」

息を一つついてから、宗太郎はとても静かに言った。

「おこまちゃん……あたしの手をちょっと握ってくれないかな？　あたしはこれ以上は腕が伸ばせないんだ」

「え？」

「ほら、お願いだよ」

宗太郎にうながされ、おこまは不思議そうな顔をしながらも、おずおずと自分の小さな手を宗太郎の手に乗せてきた。それを、宗太郎はそっと握りしめた。

「さっきも言ったけど、あたしは差しだした手を引っこめるようなことはしないよ。それにね、話を聞くかぎり、おこまちゃんに悪いところなんて一つもないよ。おこまちゃんはいい子だ。そんないい子にとんでもないことをする鬼のほうが、悪いやつなんだ」

「で、でも……」

「鬼の言うことなんて信じちゃだめだよ。鬼は人でなしだ。おこまちゃんを自分の思いどおりにしたいから、嘘をまきちらして、おどしてくるんだ。言葉で心を縛り、力でおこまちゃんを言いなりにさせようとしているんだよ。……そんな鬼を相手に、これまでよくがんばったね。偉いよ。おこまちゃんは本当に偉い」

おこまの手を自分の手で包みこむようにしながら、宗太郎は心をこめておこまを褒《ほ》めた。

おこまの弱々しかった目にふいに涙があふれだした。

「へ、へちまさん……」

「うんうん。つらかったねえ。ほんと、がんばったねえ。でもね、もうおこまちゃんは一人で鬼に立ち向かうことはないんだ。あたしがいるからね」

「じゃあ……これから一緒にいてくれるの？　ずっとずっと、あたしとここにいてくれる？」

期待に目を輝かせるおこまに、宗太郎は首を横に振った。

「いや、それはできないねえ。あたしにも帰らなくちゃいけない家があるし、あたしのことを待っている家族がいるからね。店のこともあるし、どうしたってここにいるわけにいかないよ」

「……うっ！　ううぅっ！」

「あ、ほらほら、泣かないで。ちゃんと話を最後まで聞いておくれよ。あたしはここにはいられない。でも、もちろんおこまちゃんをひとりぼっちにするつもりもない。というわけで、おこまちゃんを一緒に連れて行こうと思うんだけど、どうだね？」

ぽかんと口を開けるおこまに、宗太郎は笑いかけた。

「あたしと一緒に行こう。鬼から本当に逃げだそうじゃないか。ってことで、ほら、立って。そこから出ておいで」

「む、無理！　だめよ！　外には鬼がいるんだもの！　ここを出たら、すぐにつかまっちゃう！　へちまさんだって、ひ、ひどい目にあう！　一緒にここにいようよ！　ね、お願い！」

宗太郎の手にしがみつくおこまの顔は、真っ青だった。外に出る、と思うだけで、震えが止まらない様子だ。

おこまの恐怖をできるだけ和らげられるよう、宗太郎は穏やかに、ゆるやかに言葉を続けた。

「おこまちゃんの気持ちはわかっているつもりだよ。鬼が心底怖いんだね？　いや、ごめんよ。気持ちはわかる、なんて、軽々しく言えるようなことじゃないね。……それでも、おこまちゃんはここから出なくちゃいけないよ。だって、きっちりと逃げ切らないかぎり、おこまちゃんは怯えて暮らすことになるんだもの」

「…………」

「それとも、ここが好きなのかい？　ずっとここにいたいって、本気で思っているのかい？」

「好き、じゃない。でも、安全だから」

「探せば、もっと安全な場所が見つかるかもしれないよ。それに、おっかさんにも会いたいんだろ？」

「会いたい！　会いたいよ！」

激しくうなずくおこまに、間髪入れずに宗太郎は言った。

「なら、捜しに行こう。あたしも手伝うよ。それまではうちにいればいい。それで、もしも……もしもおっかさんが見つからなかったら、そのときは、本当にうちの子になればいい。おこまちゃんみたいなかわいい子が娘になってくれたら、うちのおとっつぁんもおっかさんも大喜びだ。あたしも妹がほしいって、ずっと思っていたし」

今度こそ、おこまは心底驚いたようだ。長い間黙っていたが、やがてそっと口を開いた。

「へちまさん、の家の子にしてくれるの？　あたしを？」

「そうともさ。おこまちゃんがいやじゃなければ、喜んでそうさせてもらいたいんだけど、どうかな？」

「………」

「自分で言うのもなんだけど、うちはきっと居心地がいいよ。あたしはおこまちゃんをいやってほど甘やかすつもりだし。うちの両親だって、そりゃもうかわいがるだろうねえ。楽しいことを山ほどさせてあげたいし、美味しいものもうんと食べさせたいって、はりきること請け合いだ。でも、そういうことを考えるのは後回し。まずはここから出ないと始まらない。というわけで、そこから出てきてくれないかい？」

「……でも、あ、あたし……あ、あの……」

おろおろしたようにうつむくおこまは、それでも宗太郎の手を離そうとはしない。そのことに、宗太郎は賭けることにした。

「ねえ、おこまちゃん。あたしはひょろひょろしてて頼りなく見えるだろうけど、おこまちゃんをむりやり外に連れ出すくらいの力はあるんだよ。ほんとだよ。でも、それをやるつもりはない。あたしにできるのは手伝いだけ。鬼から本気で逃げたいなら、最初の一歩は、おこまちゃんから始めないとだめなんだよ。あたしの言っていること、わかるね？」

「……うん」

「じゃ、ここではっきり示しておくれ。おこまちゃんはどうしたいんだい？」

ようやくおこまが顔をあげた。幽霊のように血の気が引いていたが、目にはそれまでにない光が宿っていた。

「い、行く。一緒に行きたい」

「そうこなくちゃ。じゃ、立って、こっちに出ておいで」

「うん」

おこまは立ちあがり、一歩、宗太郎のほうへと踏み出した。

とたん、二人を隔てていた格子がすっと消え失せた。

驚きながらも、宗太郎はふと思った。

この家は、いや、この世界はひょっとして……。

だが、長く考える前に、おこまが宗太郎に抱きついてきた。

「出るのね？　あ、あたし、ほんとに、ここから出ていくのね？　へちまさんと一緒に……」

「そうだよ。正直、あたしも怖いよ。でも、何があっても、おこまちゃんと一緒だ」

そうして二人は部屋の外に出て、お互いを支えあうようにして廊下を歩き、戸口のところまでやってきた。

ここでおこまはすくみあがってしまった。戸の向こうに広がるすすき野を見て、がくがくと、かわいそうなほど震えだした。

「母様……母様、母様……」

目をぎゅっとつぶり、祈るように母を呼ぶおこまが、宗太郎はあわれでならなかった。だが、ここで立ち止まられては困る。

何か勇気づけられるものはないだろうかと、宗太郎は懐を探った。そして、平たくて冷たいものに触れた。

思わず取り出してみれば、それはあの手鏡だった。

宗太郎は少し忌々《いまいま》しく思った。すすき野に迷いこんだのも、さんざん歩く羽目になったのも、これのせいとしか思えない。厄介事に巻きこまれた気分だ。だが、迷子になったおかげで、おこまと出会うことができた。まるで、手鏡が二人を引き合わせてくれたかのように。

ここではっとして、宗太郎は手鏡をおこまに見せた。

「これ、もしかしておこまちゃんのかい？」

「あ、それ！」

おこまは飛びつくようにして手鏡を手に取った。大事そうに両手で持ち、目を潤《うる》ませながら曇った鏡面や裏側の猫を撫でる。

やはりおこまに関わる品だったのかと、宗太郎は謎が一つ解けた気がした。

「大事なものなんだね？」

「うん。これ、母様のお気に入りの鏡なの。大きくなったら、あたしにくれるって、母様が約束してくれた。でも、母様がいなくなったら、これもどこにも見あたらなくなっちゃった。へちまさんが見つけてくれたの？」

「見つけたって言うより、拾ったら離れなくなったと言うべきかね」

この時だ。

ぐおおおっと、空気を揺るがすような咆吼《ほうこう》が聞こえてきた。同時に、なんともいえない甘ったるい悪臭が立ちこめだした。

おこまが凍りついたように動かなくなった。宗太郎も何も聞かなかった。聞かなくてもわかる。鬼だ。鬼が近づいてきているのだ。

じわじわと濃厚になってくる気配のおぞましさに、しんと、はらわたが恐怖で冷えていくのを感じた。

ああ、こいつは相当なものだ。はたして、逃げ切れるだろうか。いったん、安全なあの部屋の中にまで戻って、鬼が遠ざかるまでやり過ごそうか。

そう考えもした。

だが、おこまを見るなり、その考えは消えた。おこまの目は光を失っていた。ぼうっと、真っ黒な絶望だけが浮かび、生き人形のようにうつろになってしまっている。今、引き返したら、おこまは二度と外に出ようとはしないだろう。絶望と恐怖に囚《とら》われ、立ちあがることすらしなくなってしまうだろう。

宗太郎は覚悟を決め、懐から赤いお守り袋を取り出して、おこまの手に握らせた。

「おこまちゃん。ほら、これをあげる。これはね、霊験あらたかなお守りだ。とある偉いお坊様に書いてもらったまじない札が、この袋に入っているんだよ。これを持っていれば、悪いものは絶対におこまちゃんに手出しはできない。たとえ、どんなに恐ろしい鬼でもね」

「ほ、ほんと?」

「本当さ。だから、これをしっかり握っておいで。……これから思いきり走らなきゃならないけど、お守りを握りしめているかぎり、おこまちゃんは大丈夫だから」

「……今、逃げるの? 鬼が来ているのに?」

「お守りがあるから平気さ。……自分は大丈夫だと思うんだ。逃げられると、信じるんだ。難しいだろうけど、他のことは一切考えちゃいけない。あたしが手を引くから、目を閉じて、ただ足だけを動かすんだ。できるね？」

「う、うん」

「よしよし。それじゃ目を閉じて。……行くよ！」

それっと、宗太郎はおこまの手を取って、外に飛びだした。

夕暮れ時のすすき野は、先ほど見た時と同じように赤かった。だが、振り返れば、後ろからじわっと闇が広がってきていた。こちらに向かって近づいてきている。

あの闇の中に鬼がいると、宗太郎ははっきりと感じた。

ああ、ほら、赤い目が見える。なんて荒々しくて恐ろしい目だろうか。まっすぐこちらを睨《にら》みつけてくる。

そこから放たれる強烈な悪意に、宗太郎は足がすくみかけた。だが、おこまの存在が宗太郎を奮い立たせてくれた。

自分が止まったら、今度こそおこまが危ない。この子をなんとしても逃がさなくては。

そのために走れ。走れ走れ！

おこまのためと思うと、力がふたたび蘇ってきた。宗太郎はおこまの手を引き、走りだした。すすきをかきわけ、ひたすら逃げた。

後ろから鬼の声が轟《とどろ》いてきた。

「悪い子め！　おこま！　おこま！　どこに逃げる？　どこにも行かせない！　おまえは逃がさない！　おまえは鬼のものだ！」

「冗談じゃない！　おこまちゃんは誰のものでもありゃしないよ！」

思わず言い返しながら、宗太郎は走り続けた。

だが、いくら走っても、すすき野の果ては見えてこなかった。

息があがり、足がもつれだした。おこまのほうももう限界のようだ。このままでは捕まると、宗太郎はおののいた。

ところがだ。どんどん足が遅くなる宗太郎達に、鬼はいっこうに手を出してこない。

思いきって、宗太郎は振り向いてみた。

五歩ほど離れたところに、暗闇が激しく渦巻いていた。まるで猛り狂う嵐の海のようだ。その中で、二つの大きな目が赤々と燃えている。憎しみをまきちらし、おこまを痛めつけたくてしかたがないという気配を隠そうともしていない。

にもかかわらず、鬼はそれ以上近づいてこなかった。まるで、見えない壁が間に立ちふさがっているかのようだ。

どういうことだと、面食らっていると、ふいに袖を引っぱられた。引っぱってきたのはおこまだった。おこまは目をきらめかせながら、握りしめていたお守りを見せた。

「お守り！　ほら、へちまさん！　お守りの力よ！　だから鬼も近づいてこられないの！」

そんなはずはないと、宗太郎は心の中で思った。

このお守りに破魔の力などない。高名な僧に書いてもらったというのは、おこまを励ますためについた真っ赤な嘘だ。だって、これは知り合いのために手に入れた、ただの安産守りなのだから。

だが、鬼は本当に手を出してこない。悔しそうに闇を渦巻かせているだけだ。

おこまが「このお守りがあれば大丈夫」と信じているからではないだろうかと、ふいに宗太郎の頭にそんな考えが浮かんできた。それは確信に近かった。

ああ、そうだ。そうに違いない。だとしたら……。

宗太郎は身をかがめ、おこまの目をのぞきこんだ。

「ねえ、おこまちゃん。ただ逃げていても、ここからは抜け出せないみたいだ。まず、この鬼を退治しないといけないらしい。で、ここが肝心なんだけど、この鬼はおこまちゃんが呼びよせているんだと思うんだよ」

ひっと、おこまは喉を鳴らした。その目がみるみる涙で潤んだ。

「やっぱり、あたしが悪い子だから……」

「違う。そうじゃない。そうじゃないんだ。おこまちゃんはまったく悪くない。でも、自分を悪い子だって思いこんでいる。その気持ちが、鬼をつけあがらせているんだ。だから言っておやり」

「い、言うって何を？」

「自分の本当の気持ちをさ。痛いことされて、つらかったろう？　こいつのことが大嫌いでしかたなかったろう？　その気持ちを、思いきりこいつにぶつけてやるんだ！」

「そんなことしたら、お、鬼がもっと暴れちゃう！　で、できない。できないよぉ」

「できるよ。区切りをつけるんだよ、おこまちゃん！　おこまちゃんは幸せにならなきゃいけないんだ！　あたしの妹になって、幸せいっぱいに笑うんだ！　そのためには、今ここで、決着をつけなきゃ！」

「わからない……。へ、へちまさんが何を言ってるのか、全然わからないよぉ」

困惑したように涙をあふれさせるおこまを、宗太郎は抱きしめた。本当はもっと助けになってあげたいのに、結局、こんなことしかできない自分がふがいなかった。

だが、どうにもならない。ここはおこまの世界だからだ。

そのことを、宗太郎は伝えなければならなかった。

「この世界そのものが、おこまちゃんの気持ちでできているんだよ。だって、一度出ていこうと決めたら、座敷牢の格子が消えただろう？　鬼が近づいてこないのは、そのお守りを持っているからだと、おこまちゃんがそう信じているから。何もかも、おこまちゃんの気持ち一つで、ここの理《ことわり》は変わるんだよ」

「あたしの、気持ち？」

「そう。隠れたいと思えば檻になり、怖いと思えばしつこく鬼が追いかけてくる。だから、考え方を変えてごらん。鬼を追い払いたいって、心から願うんだ。怖がっていい。でも、それ以上に、おこまちゃんは怒っていいんだよ。ひどい目にあわされたことを、恨んでいいんだ。だって、それだけのことをされたんだから」

「怒って、いい……」

「そう。怒っていい。怒るのが当たり前なんだよ。……やれるね、おこまちゃん？」

「どうしても……やらなくちゃだめ？」

「うん。つらいかもしれないけど、やってほしい。そうしないと、二人ともここから逃げられないと思うんだよ。……あたしと一緒に家に帰ろう、おこまちゃん」

ぎゅっと、おこまは宗太郎に強くしがみついた。その体はまだ震えていたが、おこまはやがて身を離し、宗太郎の手だけをしっかりと握った。

「そばに、い、いてね」

「もちろんだよ。絶対にこの手を離しはしないよ」

宗太郎はおこまを背後から支えるようにして抱きしめた。そうして、二人一緒にうごめく闇に向きあった。

鬼はあいかわらずわめいていた。おこまおこまと、すさまじい声で呼んでいる。威嚇《いかく》だ。おこまをおどし、すくませ、思いどおりにしようとしているのだ。

だが、もうおこまは一人ではない。非力ながらも、宗太郎がついている。

そのことを伝えるため、宗太郎はおこまの耳元でささやいた。

「嫌なやつだね、あいつは。あたしのかわいい妹の名前を勝手に呼ぶなんて。ああ、ここにあたしのおっかさんがいてくれたらねえ。あいつの口を針と糸で縫いつけてくれただろうに」

「口を、縫う?」

ぷっと、おこまが吹きだした。

その瞬間、何かが大きく変わるのを、宗太郎は肌で感じた。

おこまの枷《かせ》がはずれた。もうおこまは大丈夫だ。

宗太郎の勘《かん》は当たったった。おこまは目に力をこめ、ぐいっと、鬼を睨みつけたのだ。

「あんたなんか……だ、大嫌い！　大嫌いよ！　大嫌い大嫌い！　と、父様なんて、どっか行っちゃえ！　二度とあたしのところに来るなぁぁぁ！」

ばりんと、何かが砕ける音が鳴り響き、その場は一瞬にして真っ暗になった。


とある村に、地主の跡取り息子がいた。その男はとても傲慢《ごうまん》で、地主本家の跡取りであることをそれはもう鼻にかけて、威張り散らしていた。

だが、心の奥底では自分になんの取り柄もないことを知っていた。だからこそ、この村で一番偉いのは自分でなければならないと、ますます歪《いびつ》な考えを固めていったのだ。

やがて、男は妻をもらった。近隣でも有名な美人で、しかも優しく、賢かった。なんとよい嫁が来てくれたものかと、誰もが感心し、褒めたたえた。

最初は男も、妻のことが自慢で、愛しくてならなかった。娘も一人生まれ、一家はそれはそれは幸せであった。

だが、ある日、男はふと思ったのだ。

妻は誰からも好かれ、誰にでも笑いかける。読み書きも達者で、帳簿の付け方も行事などの采配《さいはい》も見事だ。なんでもできるすばらしい女だと、みんなは妻のことで自分を褒め、うらやましがる。

だが、男は？　男自身のことで、このように認められたことはあっただろうか？

嫉妬が男の心に芽生え、あれほど愛しかった妻のことが、ふいに憎らしくなった。妻なら、もっと夫を立てるべきだ。それになぜ、そんなふうに他人に微笑みかける？他に好きな男でもいるのか？　そんなことはあってはならない。間違っている。正しくしなくては。

男は厳しく妻を責め、四六時中、目を離さないようになった。束縛はやがて執着に変わり、男はたびたび妻を殴りつけ、言うことを聞かせるようになった。憎くてねたましくて、それでいて妻が自分から離れていくことを心底恐れたのだ。

そんな男を、止められる者はいなかった。すでに男は村の地主になっており、村の中では殿様同然だったからだ。

一方、妻は最初は夫の気持ちをなだめようとした。安心させるため、男の言うことをなんでも聞くように努力した。

だが、理不尽な怒りやののしりは、日増しにひどくなるばかり。

身も心もぼろぼろになっていく中、妻はある日、男が家のそばに大きな蔵を建てようとしていることを知った。

賢い妻はすぐに悟った。それが、自分を閉じこめるためのものであることを。

ここにきて、ついに妻は夫に愛想を尽かした。どんなに自分が心を尽くしても、夫は変わらないのだ。あの卑屈《ひくつ》で嫉妬深い性根《しょうね》は、誰にも正せない。そして、夫が変わることを待っていたら、いずれ自分は死んでしまう。

恐怖を覚えた妻は、娘を連れて逃げることを考えた。だが、そういう気配に、男は敏感だった。

逃亡の計画は失敗し、妻は怒りくるった男によって殺された。

死ぬ間際まで、妻の頭にあったのは娘のことだった。

妻というはけ口を失った男は、今度は娘に怒りと憎しみを向けるに違いない。ああ、どうしよう。このままでは娘の命が危ない。

娘を守りたい。逃がしたい。

息絶えた女の魂と狂おしい願いは、女の胸元にしまいこまれていた手鏡の中に染みこんだ。本来なら形なく消え失せるはずのものが、形ある物の中に宿ったのだ。

手鏡はそのまま、女の亡骸《なきがら》と一緒に古井戸に投げこまれた。亡骸がゆっくり腐っていく一方で、柔らかな土がこねられ、器になっていくように、手鏡の中で新たな魂が作られていった。

そして、ついに、手鏡はあやかしとして目覚めたのだ。

目覚めたばかりであっても、そのあやかしははっきりと自分がなすべきことを知っていた。

娘を守る。娘を、残酷な男から逃がす。

だから、すぐさま娘のもとに向かった。

娘は、男が建てた蔵の中にいた。妻を殺したあと、男は娘を蔵に閉じこめ、日中は愛娘としてかわいがり、夜は憎い女の忘れ形見としていじめぬいていた。わざわざ赤い鬼の面をかぶり、怖がる娘を追い回しては殴る蹴るを繰り返していたのだ。

あやかしが駆けつけた時、娘は虫の息だった。そして、傷だらけでぐったりしている娘を、男は抱きしめておいおい泣いていた。

「ああ、どうしてこんなことに！　おこま！　そんなつもりじゃなかったんだ！　すまない！　かわいそうに！　おこま、父様を置いていかないでおくれ！」

泣きわめく男に、あやかしは激怒した。自分で娘を傷つけておいて、何を悲しんでいるのか。そんな資格は、この男にはない。

激しい怒りが、あやかしの力を引き出した。

あやかしは男をはね飛ばし、息絶えかけている娘を自分の中に飲みこんだ。

今度こそ、この子を守ってみせる。もう誰にも傷つけさせない。自分の中に造りだした穏やかな世界で、心安らかに過ごしてもらうのだ。

だが、身も心も痛めつけられてきた娘の魂は、あまりにも深く傷ついていた。その傷が、あやかしが用意した世界を不気味な夕暮れ時に染めあげてしまった。

夕暮れ時は、鬼がやってくる時刻。「また鬼が来る」という考えに取り憑《つ》かれた娘の恐怖が、鬼の幻を生み出してしまったわけだ。

あやかしはなんとかしてやりたかったが、できることはなかった。自分の中にいる娘を抱きしめることはおろか、声をかけることすらできなかったからだ。

誰かに助けてもらいたい。助けてくれるものを探さなくては。

そう思い、あやかしは手鏡に彫りこまれた猫を放ったのだ。

幸いにして、その願いは叶えられた。

猫達の王、圧倒的な力を持つ大妖《たいよう》が、あやかしの声に応えてくれたのだ。

はっと、宗太郎は我に返った。

「い、今のは……なんだ?」

まるで物語を読み聞かされているように、自分が知らなかったこと、見たこともない風景や人物の姿が、頭に直接流れこんできた。

夢幻というには、あまりにもはっきりとしていた。妻や娘に暴力をふるっていた愚かで身勝手な男の顔や酒臭い息、飛び散った血の色や悲痛な悲鳴。どれもこれも生々しいほどに覚えている。

たぶん、これは記憶だ。過去の誰かの記憶を、自分は見せられたに違いない。

そう思いながら、宗太郎はおこまを抱き直そうとした。

だが、腕の中におこまはいなかった。

失った？　さらわれてしまった？

焦りながら顔をあげ、今度こそ息が止まりそうになった。

暗闇の中に、豪華な打ち掛けをまとった娘が浮かんでいたのだ。その長い髪は光を放つような純白で、目は黄金色に輝いていた。猫のように好奇心に満ちた顔はとにかく美しく、そしてぞくりとするような強さと激しさを秘めている。

宗太郎は背筋が寒くなった。これはとんでもない相手だと、一瞬でわかった。この娘に比べたら、さっきの鬼など虫けらだ。いまのところ敵意は感じられないが、機嫌を損ねたら、それこそ命はないだろう。

だが、宗太郎はどうしても引き下がるわけにはいかなかった。なぜなら、娘の腕にはおこまが抱きかかえられていたからだ。

さらに、猫も一匹、おこまの胸の上に乗っていた。きゃしゃなきじ猫で、その目は南天のように赤かった。

おこまの母親のものだったという手鏡のことが、瞬時に宗太郎の頭に浮かんできた。

母親の願いと思いを吸いこんで、あやかしに変化した手鏡。おこまを守ろうとした手鏡。

すとんと、何かが納得できた。

そんな宗太郎に、美しくも恐ろしい娘が笑いかけてきた。

「そなたはなかなか聡《さと》いようじゃな。けっこう。余計なことを説明せずにすむのは、ありがたいことよ」

蜜《みつ》のように甘い、愛らしい声音だった。だが、やはり力にあふれていて、聞いているだけで頭がくらくらしてくる。

とんでもない相手を前にしていることに、宗太郎は逃げだしてしまいたくなった。それでも必死でふみとどまり、ようやく口を開いた。

「あなた様が……猫の王なんでございますね？」

「そうじゃ。我が眷属《けんぞく》になった朱実《あけみ》の願いにより、こうしてこの娘を救いに来たわけじゃ。ま、実際に救い出したのは、そなたの真心と機転じゃがのぅ。ふふ、よかったのぅ、朱実。大事な娘がついに鬼の枷をはずせたのぅ」

猫の王に笑いかけられ、きじ猫は深々と頭を下げた。それから、宗太郎のほうを見た。

赤い目にはただただ感謝が浮かんでいた。

ああ、見た目は猫であっても、これはまぎれもなくおこまの母親なのだと、宗太郎は思った。

だからこそ、おこまを救おうとした。それはよくわかった。だが、どうにもわからないのが、なぜ、自分がこの一件に巻きこまれたのかということだ。縁もゆかりもない、しかもなんの力も持たないただの人間にすぎないというのに。

失礼を承知で、宗太郎はそのことをずばりと聞いた。

「どうして、あたしを巻きこんだんです？　あなた様がたいそうな力をお持ちだということは、あたしにもわかります。……あなた様なら手っ取り早く、おこまちゃんを助けられたはずでは？」

言ってしまったあとで、少し後悔した。無礼者と思われただろうか？　ああ、自分の命もここまでか。

だが、猫の王は怒らず、真面目な顔になってうなずいたのだ。

「まあ、そう思うのももっともじゃな。そう。そなたの言うとおり、確かにわらわは力がある。じゃが、強すぎる力というのも困りものでな。細やかなことには使えぬのじゃ。さじ加減がどうもわからぬ」

「そ、そういうものなので？」

「そういうものなのじゃ。わらわは裁縫はやったことがないが、針の代わりにはさみを使えばどうなるか、思い浮かべてみよ。何かを縫い合わせようとしても、布がずたずたになるだけじゃ。わらわの力もそれと同じよ。……誰かを救うというのは、誰かを殺すことよりはるかに難しいものじゃ」

ずんとした重みのある言葉に、宗太郎は打ちのめされた。恥ずかしさに顔を赤くしながら、急いで頭を下げた。

「大変失礼しました。軽はずみなことを言ってしまいました」

「よいよい。むしろ、わらわに疑問をぶつけてくるなど、やはりそなたは度胸がある。どうじゃ？　そなた、猫になって、わらわの眷属にならぬかえ？」

「えっ！　そ、それは……」

「嫌なのかえ？　わらわに仕えるのは望まぬと？」

「いえ、そ、その……こ、これでも小さな店の跡継ぎでして、あ、あたしがいなくなると、父と母が困ることになるので、どうかご勘弁を」

「そうか。では、死後はどうじゃ？　人としての生を全うしたあと、そなたを猫のあやかしに生まれ変わらせてやろうぞ」

「う、うーむ。そ、そうですね。それはまたゆっくり考えさせていただきましょう。そ、それより、どうしてあたしをおこまちゃんに会わせたのか、教えていただけませんか？」

だらだら冷や汗をかきながら言う宗太郎に、猫の王は楽しげに笑った。

「ふふふ。はぐらかしにかかったか。まあ、よい。先ほども言うたが、朱実に助けを求められても、わらわには手を出しようがなくての。なにより、おこまの鬼は、人の恐怖が生み出したもの。やはり、打ち消すには人の手が必要であった。そこで、わらわは人のやり方に倣《なら》うことにしたのじゃ」

「人のやり方？」

「そうじゃ。そなた、このまじないは知らぬかえ？　災いをもたらすもの、良からぬものを道に捨てると、厄《やく》落としになるというものじゃ」

「あ、落とし物……」

ものを捨てて、厄を落とす。昔からあるまじないの一つだ。

「で、それをなさったと？　あなた様が？」

「そうじゃ。人の往来に、手鏡を投げ捨ててみたのじゃ。むろん、ただ捨てたわけではない。見ず知らずの子供に手を差しのべられる強さと優しさ。それらを持ち合わせた人間にのみ、手鏡が見えるように術をかけた」

「……そして、あたしがそれを拾った」

「そうじゃ。これぞ求めていた人間じゃと、すぐさまそなたに手鏡の中に入ってもらうことにしたのよ。あとのことは知ってのとおりじゃ。……礼を言うぞ、古今堂の宗太郎よ」

猫の王の声はとても優しかった。

そのことに力を得て、宗太郎はついに本当に聞きたいことを尋ねることにした。猫の王に抱きかかえられているおこまを見つめながら、そっと言った。

「おこまちゃんは……これからどうなるんですか？　人の世に戻れるんですか？」

答えは聞かずともわかっていたが、それでもわずかな期待を持たずにはいられなかった。

そんな宗太郎に、猫の王は静かに答えてくれた。

「残念ながら、この子の体はもうどこにもない。ずっと昔に壊れてしまったからのぅ。こうして鏡からは出てこられても、もはや人としての人生は望めぬ」

「あなた様のお力をもってしても、ですか？」

「無理じゃな。これはどうにもならぬことじゃ。おこまが死んだのは、もうずいぶん昔のことなのだからの」

きっぱりと言われ、宗太郎は力が抜けて、膝をついてしまった。涙があふれた。

「あたしは……妹にしてあげるって言ったんです。その約束を守れないっていうのが、どうにも悔しくて、やるせなくて……」

「……この子がすでに生きた人間ではないことは、わかっていたのではないかえ？」

「薄々とは感じていました。でも……それでも、あたしは本気でうちに迎えいれたかったんです」

「ふうむ。やはり、そなたはよいなあ」

「え？」

顔をあげれば、猫の王がにんまりと笑っていた。目がきらきら輝いていた。

「ますますそなたのことが気に入ったぞ、宗太郎。面持ちも味があるが、それ以上に良い魂を持っておる。いずれ、そなたを手に入れてみせようぞ。覚えておくがよい、宗太郎。わらわは一度目をつけた獲物は必ず手に入れるあやかしゆえな」

「ぴゃっ！」

「ゆえに、そなたにはわらわの眷属をつけてやろうぞ。ふらふらとしていて、別のあやかしに狙われぬよう、しっかりお目付役をつけておかねばな」

「ちょ、ちょっと待ってくださいよ！」

「くくく。まあ、楽しみにしておれ。すぐに送りこんでやるゆえ」

軽やかに笑い声を立てながら、まるで春の嵐のように猫の王は消え失せた。

はっと気づけば、宗太郎はよく見知っている道の横にぼんやりと立っていた。周りを見回し、懐も探ってみたが、おこまも朱実も、あの手鏡も見あたらなかった。

「ね、猫ってのは、ほんとに気まぐれなんだねえ」

とぼとぼと家に向かって歩きだしながら、宗太郎はちょっと腹を立てていた。

あんなふうに去られたせいで、おこまに最後の別れを告げることもできなかった。むりやり引き離された感じがして、なんとも胸がもやもやする。

結局、自分はおこまを本当に助けられたのだろうか？　もはや人としての体がないおこまは、これからどうなってしまうのだろう？　あの世に行くのだろうか？　そうなったら、あの子はもう怖がらずにすむのだろうか？

そのことばかりが頭に浮かび、宗太郎は猫の王が自分のことを気に入ったと言ったことさえ忘れてしまった。

だが……。

数日後の満月の夜、宗太郎は猫の王の言葉を思いだすことになった。

その夜、部屋で帳簿をつけていた宗太郎の耳に、猫の声が聞こえてきた。通りすがりの野良猫だろうと、宗太郎は最初は気にも留めなかった。

だが、鳴き声はどんどん高まってきて、いっこうに止む気配がなかった。それに、なにやらこちらに呼びかけてくるような鳴き方だ。

思わず庭に出てみれば、そこに二匹のきじ猫がいた。

一方は大きく、赤みがかった目をしていた。もう一方はまだほんの子猫で、あどけない顔をしている。

声をそろえて鳴きかけてくる二匹の猫に、宗太郎は一瞬たじろぎ、それから笑いだしてしまった。

「ああ、なるほどねえ。お目付役をつけるって、そういうことだったんだねえ」

ひとしきり笑ってから、宗太郎はかがみこんで、まずは子猫に向かって手を差しのべた。

「また会えたね、おこまちゃん」

にゃあんと鳴いて、子猫はすぐさま駆けよってきて、体を親しげにこすりつけてきた。

「よしよし。よく来てくれたよ。そっちは朱実さんだったね。二匹とも、あがっておくれ。今日からここが、おまえさん達の家だからね。そうだ。おとっつぁんとおっかさんに紹介してあげなきゃ。二人とも、そりゃもう猫好きだから、喜ぶはずだよ」

そう言って、宗太郎は二匹をいそいそと招き入れたのだった。

蛍《ほたる》狩り

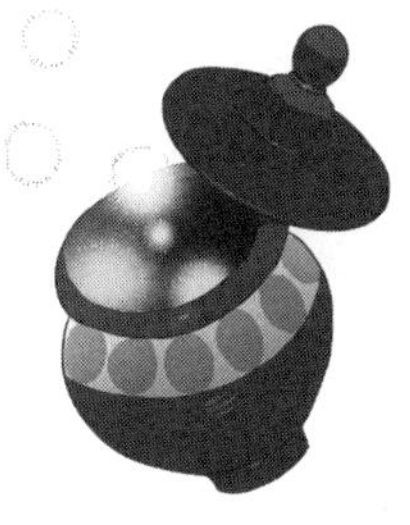

萩乃《はぎの》は、華蛇族《かだぞく》きっての才媛《さいえん》として知られているあやかしだ。教養、立ち振る舞い、舞いや琴《こと》などの芸事において、萩乃の右に出る者はいなかった。

そこを見こまれ、一族の姫の乳母《うば》に選ばれ、以来、姫の教育で忙しく過ごしてきた。が、その姫も無事に成長し、萩乃の手元から巣立っていった。もう、これまでのようにずっとそばにいて、見守る必要はない。

だから、姫の巣立ちを少し寂しく思いながらも、萩乃は心に決めたのだ。これからは夫と子供達と色々なことを楽しんでいこう、と。

冷たくとりすましているように見えるが、萩乃は子煩悩《こぼんのう》であり、なにより夫命の一途な妻なのだ。

その夫、飛黒《ひぐろ》は烏天狗《からすてんぐ》であり、東《ひがし》の地宮《ちぐう》の奉行、月夜公の片腕だ。これまた非常に忙しい身で、凶悪な事件が起ころうものなら、それを解決するまで、何日も家に帰れないこともしばしば。

そのことは萩乃もよく理解していた。

だが、理解するのと、何も感じないというのは、まったく別物だ。一緒に過ごすはずだった楽しみをすっぽかされるたびに、萩乃は「しかたないですね」と口では言いつつ、心は少しずつ傷つき、鬱々《うつうつ》とした想いをためていった。

そして、それがついに弾けた。

きっかけは、またしても奉行からの呼び出しであった。

その時、萩乃はうきうきと出かける支度にかかっていた。

今夜は鬼蛍《おにぼたる》を見に行くのだ。

毎年、夏至の夜になると、青姫川《あおひめがわ》のほとりに鬼蛍が現れる。無数の金の光が舞う光景は、息を呑むほどすばらしく、そしてそれを夫婦そろって見に行くのが、飛黒と萩乃のならわしだった。

双子《ふたご》の息子達、右京《うきよう》と左京《さきよう》は留守番だ。だが、双子は文句一つ言わず、それどころか笑顔で支度を手伝ってくれた。

「二人きりでのお出かけ、久しぶりですね。ゆっくりしてきてください」

「一年に一度の、母上と父上の大事なお出かけです。楽しんでください」

「ああ、左京、右京！　そなた達はほんによい子です！　ええ、その言葉に甘えさせてもらいますよ。ね、あなた？」

「うむ。留守は頼んだぞ、二人とも」

「おまかせください」

そうして重箱に美味《おい》しいものをどっさり詰め、水筒には酒もなみなみ入れた。緋《ひ》色の敷物も持ち、さあ、出かけようと立ちあがりかけた、まさにその時だ。

ばさばさと、慌ただしい羽音が響き、戸口を開けて、若い烏天狗が飛びこんできた。

「失礼します、お頭！　すぐに奉行所へ！　月夜公様がお呼びです！」

「えっ！　し、しかし、今夜は非番。明日の朝までゆっくりしていてよいと、お許しは得ているのだぞ」

飛黒はぎょっとしたように体をこわばらせた。

「それは存じております。ですが、どうしてもお頭の力が必要だと、月夜公様が……」

「し、しかし、今夜は、今夜だけは……」

「申し訳ありません。でも、ぜひとも俺と一緒に奉行所へ」

「そ、そう言われても……」

横にいる萩乃をちらちらとうかがいながら、飛黒は激しくうろたえているようだった。責任感が強い飛黒のこと。月夜公に必要だと言われれば、すぐにも飛んでいきたいのだろう。

夫の気持ちを読みとり、萩乃はため息をついた。

「あなた、行ってらっしゃいませ」

「萩乃……しかし……」

「お役目ですもの。しかたないですわ。さ、わたくしにかまわず、行ってらして。どのみち、こうなってしまっては、お役目のことが気になって、蛍狩りに行っても上の空になりましょう」

「……すまぬ。本当にすまぬ」

「気にしておりませんわ」

「本当か？　……だが、その、か、顔が……」

「あら、わたくしの顔が何か？」

「……なにやら、こ、怖いのだが」

「あら、失礼なことをおっしゃる」

ほほほと、笑う萩乃に、その場にいる全員がすくみあがった。これほど上品でありながら、これほど怖い笑顔はめったにないだろう。寒気がするようなとは、まさにこのことだ。

口元に笑みをたたえたまま、萩乃は冷ややかに夫を見た。

「ああ、でも、月夜公様にはこうお伝えくださいませ。……お言葉やお許しをころころと違《たが》えていては、いつか思わぬしっぺ返しを食らうやもしれませぬ。特に、蛇《へび》は執念深く覚えておりますよ、と」

「そ、それは……なあ、萩乃。やはり、今夜は……」

「いいえ、もういいのです！　さあ、お行きください！　早く！」

ひええええっと、心の中で悲鳴をあげつつ、飛黒と若い烏天狗は慌ただしく飛び去っていった。

二人が去ったあと、萩乃は息子達のほうを振り返った。口元はあくまでにこやかだったが、目が吊り上がっていた。

「右京、左京、母は出かけます」

「え？」

「母上、どこへ？」

「どこへ？　飛黒殿が行かれぬとあらば、妻であるわたくしが飛黒殿の分まで鬼蛍を見てくるべきでしょう。ということで、青姫川に行ってきます」

「は、母上？」

「本当にお一人で行かれて、い、いいのですか？」

「いいのです！　母にかまわず、そなた達はそなた達で好きなことをなさい！　ああ、そうだ。姫様のところに行ってはどうです？　天音様と銀音様が、そなた達とまた遊びたいとおっしゃっていたそうですからね。今夜はそれぞれ楽しむこと！　いいですね！」

叱りつけるように言い残し、腕に重箱と水筒と敷物を抱えて、萩乃は家を飛びだした。

そうして向かった青姫川のほとりには、今年も数万の鬼蛍が集まっていた。はかなくも美しい金の光が舞う様子は、まさしく目を奪われるような絶景だ。

だが、今夜の萩乃の心には、その美しさも響かなかった。適当な場所に敷物をしき、持ってきたものを口に運んだが、一人で飲む酒は味気なく、せっかくの好物も腹立たしいほどまずく感じられた。

それに、ほとりにいるのは、萩乃だけではなかった。蛍を愛《め》でようと、他のあやかし達もぞくぞくと集まってきていたのだ。あるものは恋人と、あるものは家族と一緒だ。一人きりなのは萩乃くらいで、居心地がどんどん悪くなってくる。

「わたくしは……いったい、何をやっているのか」

癇癪《かんしゃく》を起こした自分が情けなかった。怒りを隠せなかったことが恥ずかしかった。だが、やはりまだ許せない気持ちも残っている。飛黒の仕事がとても重要だということは百も承知しているのに。

深々とため息をついた時だ。

どすんと、すぐ横のところに何か巨大なものが落ちてきた。突然のことに、萩乃はひっくり返りそうになり、小さく悲鳴をあげてしまった。

「きゃっ！」

「おっと。ごめんなさいよ。蛍に気を取られて、うっかりしちまった。当たったつもりはないんだけど、怪我しちゃいませんか？」

女の声が、はるか上のほうから降ってきた。顔をあげ、萩乃はさすがに驚いた。

巨大な雌鶏《めんどり》がそこにいた。闇夜に溶けこむような黒い羽で覆《おお》われ、目は燃えた炭のように赤い。こちらを見下ろすその姿は貫禄《かんろく》たっぷりで、萩乃はたいしたものだと感心してしまった。

こんな雌鶏は、妖界広しと言えど、一羽しかいないだろう。

萩乃はすぐに相手の正体を悟った。

「あなたは……もしかして、時津《ときつ》さんかしら？」

「おや、あたしをご存じで？」

「ええ。夫からよくあなたの話は聞いています。あなたと、あなたのご夫君のことを」

そう。時津とその夫の朱刻《あけとき》は、年がら年中、派手な夫婦喧嘩《げんか》を繰り広げていることで有名なのだ。といっても、喧嘩の原因はたいていが朱刻の浮気なので、いつも時津が一方向に朱刻を痛めつけるという図になるらしい。

朱刻が命からがら妖怪奉行所に逃げこむこともしょっちゅうで、そのたびに烏天狗達は朱刻を追いかけてきた時津をなだめにかからなければならない。毎回、怪我人も出る騒ぎとなるのだから、迷惑な話だ。

「あやつらのせいで、また余計な仕事が増えた！」と、飛黒がこぼすので、萩乃もこの夫婦のことはよく知っていた。だが、こうして会うのはこれが初めて。だからこそ、萩乃は心の中で首をかしげていた。

こんな立派で強そうな女房を持ちながら、浮気を繰り返す朱刻とは、よほど肝《きも》が据わっているのか、それともよほどの愚か者なのだろうか？

一方、時津も萩乃に興味を持ったようだ。しげしげと見返してきた。

「まあ、あたしら夫婦がそれなりに有名だってことは知っていますけど、そういうそちらはどちらさまで？」

「ああ、ごめんなさいね。わたくしは萩乃。東《ひがし》の地宮《ちぐう》の筆頭烏天狗、飛黒の家内です」

「へえ、あの飛黒殿の奥方！　それは大変失礼しましたよぉ！」

自分達が迷惑をかけていることは自覚しているのだろう。時津は大きな体をできるだけ縮めてみせた。その恥じ入った様子がなんだかかわいらしく見えて、萩乃は微笑《ほほえ》んだ。

「もしかして、お一人？」

「ええ。今夜はのんびり蛍狩りをさせてもらうって、宿六に子供を預けてきたんですよ。奥方様も？」

「え、ええ、わたくしは……一人です」

「それにしちゃ、ずいぶんたくさんお弁当を持ってきなさったもんですねえ。もしかして、見た目によらず、立派な胃袋をお持ちとか？」

時津は真面目に聞いてきたのだろうが、萩乃は愉快になって、今度こそ声を出して笑ってしまった。

「いえいえ、これにはちょっと訳があって。ね、時津さん。もしよかったら、わたくしと一緒に蛍を見ませんか？　話し相手がほしいと思っていたのですよ。それに、このお弁当も、わたくし一人では多すぎて。……どうかしら？」

最後の問いかけは、少しすがるような声になってしまった。

だが、おおらかな時津は萩乃の微妙な心情には気づかなかったようだ。大きくうなずいてきた。

「喜んでお相伴《しょうばん》にあずからせていただきますよ」

「ええ、どうぞどうぞ。好きなものを好きなだけつまんでいってくださいな。あ、お酒は？　杯は一つしかないのだけれど」

「いえ、お酒はけっこうですよ。あたしゃこう見えて、下戸《げこ》なんです」

「あら、意外だこと。失礼ですけど、樽酒を丸ごと飲み干しそうに見えますよ」

「それ、よく言われるんですよ。なんでですかねえ」

そうして、萩乃と時津は並んで蛍を眺めながら、おしゃべりに花を咲かせた。

時津は話し上手で、萩乃が知らないことを面白おかしく話してくれ、萩乃はおおいに笑い、楽しませてもらった。それに、時津が一緒だと、料理も酒もとても美味しく感じられた。

すっかり打ち解け、飛黒と来られなかった寂しさもずいぶん和らいだところで、萩乃はほろ酔い気分で時津に尋ねた。

「ところで、時津さんと旦那様の馴《な》れ初《そ》めは？　妖界でも一、二を争うほど名が知られているご夫婦が出会ったきっかけがなんだったのか、よかったら聞かせてくださいな」

「なに、そんなにたいしたもんじゃござんせんよ」

甘辛いこんにゃくの煮物を食べながら、時津は赤いとさかを振った。

「でも、そんなに聞きたいというなら、お話ししようじゃありませんか。あたしはこう見えて、昔は喧嘩が強くてねえ。黒炎姐御《こくえんあねご》とか呼ばれて、か弱い鳥妖《ちょうよう》達から頼りにされていたんですよ」

「まあ、目に浮かぶようですよ。それでそれで？」

「ある日、化《ば》け鷺《さぎ》の若造達が、一羽の雄鶏をよってたかってつつきまわしているところに出くわしたんです。言わなくともわかるでしょうけど、いたぶられていたそいつが朱刻でした。一対一ならともかく、二十を超える鷺につつかれて悲鳴をあげているのを見ては、素通りはできなくて」

「で、助けに入った？」

「ええ。やめてやれと、最初は口で止めたんですけど、どいつもこいつも殺気立ってて聞く耳を持たなくて。だから、叩きのめして、おとなしくさせました」

ことなげに言う時津に、萩乃は目をぱちぱちさせた。

「おとなしくさせたって……二十羽はいたのでしょう？」

「いましたね。でも、どうってことはなかったですよ。化け鷺の連中なんて、色白でひょろひょろしたやつらばかりですから」

「……それで？　そのあとは？」

「ぼろぼろになった朱刻を水辺に運んで、傷の手当てをしてやりましたよ。そうしながら、騒ぎの理由も聞きました。そしたらなんと、化け鷺の娘にちょっかいを出して、いい仲になったところをその娘の許婚《いいなずけ》に見つかったんだって言うじゃありませんか」

「あらまあ」

「そう。つまるところ、殴られたのも自業自得。とんだ女たらしを助けてしまったと、正直後悔しましたよ。だから、手当てがすんだあとは、とっとと別れました。二度と会わないつもりでね」

ところが、それからというもの、時津の行く先々に朱刻が現れるようになった。それも、ただ現れるのではなく、毎回贈り物を持ち、「おぬしに惚《ほ》れた！　女房になってくれい！」と、恥ずかしげもなく大声で申しこんでくるようになったのだと、時津はげんなりした顔で話した。

「それはもうしつこくてねえ。いくらすげなくしても、蹴り飛ばしても、全然めげなくて。そんなことが一年も続いて、とうとうあたしも根負けしてね。それで、夫婦になってやったんです」

「では……朱刻さんから時津さんに申しこんだ、と？」

「ふふ、奥方が何を考えているのか、わかりますよ」

　時津は笑った。

「この話をすると、だいたいのあやかしが驚きますからね。あたしのほうがあいつに惚れこんで、力任せに言うことを聞かせたに違いない。そんな女房が嫌いで、朱刻は浮気ばかりしているんだ。そういう噂が広まっていることも、あたしゃよく知っていますよ」

「いえ、そ、そんなことを思ったわけでは……」

「いいんですよ。おおかた、見聞聴《みきき》のやつが噂を流しているんでしょう。あのあやかしは、噂話が大好物で、それ以上に噂話を広めるのが大好きときているから」

「そ、それはともかくとして……そんなにも必死に申しこんで夫婦になっておきながら、浮気を繰り返すなんて……朱刻さんはいったい何を考えているんでしょうね？　あまりにひどいじゃありませんか！」

　人の家のこととは言え、萩乃は思わず憤慨《ふんがい》した。自分が同じ立場だったら、とても耐えられないだろうと、時津を気の毒にも思った。

　ところがだ。

　時津は怖い目つきになって、ぎろりと萩乃を睨《にら》んだのだ。

「うちにはうちの事情があるんですよ。あれこれ周りでさえずられるのは一向にかまわないけれど、余計な口出しは一切お断りです」
ぴしゃりと言われ、萩乃はうつむいた。

そう。赤の他人からあれこれ言われることほど腹立たしいことはない。立ち入るべきではない場所に、土足でどかどかあがりこむような真似をしたことを、萩乃は恥じた。

それをちゃんと感じとったのだろう。時津はすぐに目を和らげて言った。

「それはそうと、今度はそちらの馴れ初めを聞きたいですね。あたしに言わせてもらえば、奥方と飛黒殿のほうこそ、そりゃもう有名なご夫婦だもの」

「え、そ、そうでしょうか?」

「そうですとも。で、何がきっかけだったんです? ん?」

興味津々《きょうみしんしん》の顔でのぞきこまれ、萩乃は手をもじもじさせながら小さく答えた。

「あの……あの人がくれたお饅頭《まんじゅう》がとても美味しかったのです」

「はい?」

「だから、その……初めて会ったのは、華蛇族の大殿のお庭でした。見慣れぬ烏天狗がお庭にいるのに気づいて、わたくし、思わずじっと見てしまったのです。あとから聞いたのですが、あの人は月夜公様の付き添いで、華蛇の屋敷に来たそうです。でも、しばらく自由にしていてよいと言われたそうで、それで庭でくつろいでいたのだとか」

萩乃が見ていることに気づかず、若き烏天狗はふんふんと鼻歌まじりに懐《ふところ》から包みを取り出し、中にあった饅頭をぱくつき始めた。

それがなんとも楽しそうで、美味しそうで、萩乃は思わずくすりと笑ってしまった。その笑い声に気づいた飛黒は、「おぬしも食べてごらんなさい」と、饅頭を一つ、萩乃に渡してくれたのだ。

「それで……そのお饅頭が本当に美味しくて……食べ終える頃には、飛黒殿のことが気になってしかたなくなっていたのです」

頬を染めて話す萩乃を、時津はまじまじと見つめてきた。

「え？　それだけ？　それだけで、飛黒殿に惚れちまったんですか？　華蛇族のあなたが？」

信じられないという顔をされ、萩乃は微笑んだ。その件に関しては、まったく同感だ。

恋多き種族として有名な華蛇。萩乃とて、多くのあやかしに見初められ、花や歌、高価な品や美しい飾りを捧げられたものだ。

だが、飛黒がくれた饅頭ほど心に響く贈り物はなかった。

好かれたい。気に入ってもらいたい。

そういった下心はみじんもなく、ただただ自分が美味しいと思うものをわけてくれた飛黒。その優しさがなんとも嬉しかった。

礼を言って別れ、素朴なそば饅頭を食べ終わった時には、美男とはほど遠い飛黒の烏顔が愛おしくて、忘れられないものとなっていた。そして、あの烏天狗のそばにいたいと激しく思ったのだ。

いや、それは願いというより、決意に近かった。

「あなた達とは逆で、わたくしが飛黒殿を追い回しましたの。どうしても妻にしてほしいと頼んで、勝手に家にまで居座って……。でも、恥ずかしながら、わたくし、家事は何一つできませんでした。かえって、飛黒殿に迷惑ばかりかけてしまって……」

やっぱり妻にはなれないかもしれない。そう思って落ちこんでいた時、飛黒は萩乃をこの青姫川のほとりに連れ出してくれたのだ。おりしも、鬼蛍の求愛の夜で、数え切れないほどの蛍火が妖しく美しく乱舞していた。

落ちこんでいたことも忘れ、萩乃が思わず微笑んだところ、飛黒が申しこんできた。

「この先もずっと、毎年一緒にこの蛍を見に行ってほしい」と。

ほほうっと、時津が声をあげた。

「それで夫婦になったと？　なんとまあ、うちとは比べものにならないくらい優雅なことで。すてきですねえ。……ん？　毎年一緒にって約束してくれたんですよね？　それなのに、今年は奥方一人？」

「ええ！　ええ、そうなのです！」

くわっと、萩乃は目を吊り上げ、約束を反故《ほご》にされたことをまくしたてるように時津に打ち明けた。

だが、怒濤《どとう》のように怒りと愚痴《ぐち》を吐き出してしまうと、急にむなしさがこみあげてきて、萩乃はがっくりとうなだれてしまった。

「わかっているのです。夫が忙しく、とても大切な責務を担っていることは、重々わかっているのです。たかだか蛍狩り一つで、こんなふうに怒ってしまう自分が情けない。でも、やっぱり許せない気持ちが強くて……嫌になってしまう。……時津さんはこういう時、どうやって気持ちの折り合いをつけているのです？」

「あたし？　あたしは至って簡単ですよ。あたしを怒らせた宿六を思う存分ののしって、叩きのめして終わりです。気分もすっきりするし、後腐れなくいつもの夫婦に戻れるからお勧めなんですが、うーん、奥方にはちょっと無理でしょうねえ」

「わたくしが飛黒殿を叩きのめす……」

その場面を思い浮かべようとする萩乃に、時津は言葉を続けた。

「あと、これはあたしが勝手に感じたことですがね。奥方はただ怒っているわけでも、悲しんでいるわけでもないんじゃありませんか？　どっちかっていうと、怯《おび》えているように思えるんですがねえ」

「…………」

「奥方は何を怖がっているんです？」

「うっ……」

心の底にしまいこんでいた本当の気持ちを、わしづかみにされて引っ張りだされた気がした。

ごまかすことも聞き流すこともできず、萩乃はついにぽつぽつと打ち明けた。

「夫もわたくしも、これまではずっと忙しく、なかなか共に過ごす時がありませんでした。でも、どんなに忙しくても、お互いに時間を作って、毎年欠かさず二人で蛍狩りに来ていたのです。蛍狩りの夜だけは、あの人はわたくしだけのもの。わたくしだけの飛黒殿と思うことができた」

そう。年に一度の、夫婦水入らずでのこの行事を、萩乃はどれほど大切に思ってきたことか。

だが、ずっと守られてきた約束が、今年、初めて破られた。なんだか、変わることがないと思っていた全てに、小さなひびが入った気がした。

そのことに、萩乃は怯えたのだ。

面倒見が良くしっかり者の萩乃は、女妖《じょよう》達から家庭内の相談事を持ちかけられることも多い。だから、端から見れば本当にささいな出来事で、夫婦仲がこじれてしまうということを知っていた。

この小さなひびがだんだんと大きく広がり、ついには亀裂《きれつ》になってしまったら？　自分と夫との間に、埋められない深い溝ができてしまったら、ああ、どうしたらいいだろう？

不安と悩みをさらけだした萩乃を、時津はじっと見ていた。やがて、ふっと笑って、蛍のほうに目を向けた。

「ねえ、奥方。あたしは毎年、ここに一羽で来るんですよ。家のことも何もかも忘れて、まっさらなただの時津として、蛍を楽しむんです。で、朝になると、うちの亭主があたしを迎えに来てくれる。そのお迎えが、なんとも嬉しいものでしてね。ああ、つれあいと一緒に帰れる。なんて幸せなんだろう。そうしみじみ思えるんです。だからね、あたしはそれをしてもらいたいがために、ここに来ている。そんな気がするんですよ」

「…………」

「まあ、何が言いたいかというと、人の幸せはそれぞれってことです。他のものにとってはくだらなくても、誰かにとってはゆずれないほど大事なことかもしれない。それでいいんじゃないですかね。ご亭主と一緒に蛍狩りに来られなくて、ものすごく腹が立って、悔しい。思いきりそう思えばいいじゃありませんか」

「そ、そう思っていいのでしょうか？」

「ええ。そのかわり、それ以外のことはぐじぐじ悩まないこと。怒る自分が情けないとか、忙しいご亭主に申し訳ないとか、夫婦仲がこじれたりしたらどうしようとか、そういうことは考えない。怒るだけ怒って、そして最後にこう思えばいい。こうなったら、来年の蛍狩りは今年の分まで楽しむことにしようってね。まあ、あたしならそうしますよ」

「…………」

「それにねえ、なんだかんだ言っても、奥方と飛黒殿はお互いを大切にしていらっしゃるんでしょう？　なら、これまで築き上げてきたものが、そう簡単に壊れるようなことにはならないはずですよ」

時津はここで口を閉じ、萩乃も黙って蛍に見入った。

静かなひとときが流れたあと、萩乃はゆっくりと立ちあがった。

「わたくし……もう帰ります」

「それがいいですね。色々とごちそうさまでした」

「いえ……わたくしのほうこそ、ありがとう。とても気が楽になりました。……誰かに話を聞いてもらい、誰かからまったく新しい考え方を教えてもらうというのは……とてもいいものですね」

「ふふ。そうでしょう？　あ、そうだ。今度、あたしが喧嘩をやらかした時は、奥方のところに愚痴を吐きに行ってもいいですかね？」

「もちろんですよ。いくらでも付き合います」

「ふふ。なんだか次の喧嘩が楽しみになってきた。それじゃ、さよなら。旦那様によろしくお伝えくださいよ」

「ええ。そちらも、朱刻さんによろしく」

萩乃は荷物をまとめ、その場を去った。来た時よりもずっと晴れやかな気持ちとなっていた。


飛黒が役目を終えて帰ってきたのは、それから二日後の夜だった。

萩乃はすぐに出迎えようとしたが、玄関に向かってみれば、そこに飛黒はいなかった。そそくさと家にあがり、奥の茶室に行ってしまったというではないか。

自分が怒ったことに、飛黒は逆に怒ったのかもしれない。役目に理解のない妻に落胆し、顔も見たくないと思ったのかもしれない。

そんなことが頭に浮かび、しんと、胸が冷えた。

だが、立ち尽くす萩乃に、双子の息子達がいたずらっぽく笑いかけてきた。

「母上、もう少ししたら、茶室に行ってみてください」

「でも、飛黒殿は……わたくしに会いたくないのかも」

「いえ、父上がそうおっしゃったのです」

「飛黒殿が？」

「はい。しばらく母上を足止めしておいてほしいと、頼まれました」

「そのあとで、母上をお連れしろとも言われたんです」

訳がわからないと、萩乃は首をかしげた。

そんな萩乃に、双子はしっかりとうなずいた。

「大丈夫ですよ、母上」

「父上は怒ってなんかいませんから」

「そ、そうですか」

三人はそのまましばらく立っていた。

やがて右京が言った。

「ね、左京。そろそろいいと思いませんか？」

「そうですね、右京。さ、母上。茶室に行ってみてください」

「あなた達は一緒に行かないのですか?」

「呼ばれているのは母上だけなんです」

「さ、どうぞ行ってください。父上がお待ちのはずですよ」

今度は急き立てられてしまった。

ますます訳がわからなかったが、それでも萩乃は茶室へと足を運んだ。障子《しょうじ》の前に立ち、いったん息を吸いこんでから、そっと声をかけた。

「あなた。わたくしです」

「入ってくれい」

「はい」

障子を開いてみれば、茶室は真っ暗だった。その真っ暗な中、飛黒は座っていた。横には大きな蓋付きの壺を置いている。

「あなた……どうして灯りをつけぬのです?」

「ん。まあ、よいから、まずは障子を閉めてくれ。それからここへ来て、座ってくれ」

「は、はい」

言われたとおり障子を閉め、萩乃は飛黒の前に座った。

二日の間に、相当無理をしたのだろう。飛黒はかなり疲れた様子だった。すぐに風呂に入るなり食事をとるなりしたほうがいい。

そう言おうとする萩乃を手振りで黙らせ、飛黒は横に置いておいた壺の蓋を取った。

「えっ！」

萩乃は息を呑んだ。蛍火のように柔らかな光の粒が、次々と壺から立ちのぼり、ふわふわと茶室内を漂いだしたのだ。

あっという間に、茶室は色とりどりの淡い光で満たされた。

驚きで言葉を失っている萩乃に、飛黒がおずおずと声をかけた。

「華炎《かえん》という花火のあやかしに頼んで、蛍火をこしらえてもらったのだ。蛍狩りができなかった埋め合わせ、にはならないだろうが、なんとかこれで……すまん。本当に悪かった」

「…………」

「まだ怒っているだろうが、ゆ、許してはもらえないか？」

萩乃は夫を見返し、真顔で答えた。

「正直に言いますと、怒っておりました。とてもがっかりもしておりました」

「そ、そうだろうな」

「でも、ある方から教えていただいたのです。そういう時は思いきり怒っていいのだと」

びくっとした顔をする飛黒に、萩乃は大きく笑いかけた。

「ですから、その助言どおりに、わたくし、怒りに怒りました。おかげで、今は気分がすっきりとしております。それに……あなたはいつもわたくしを思いやってくださる。こんなすてきなことをしてくださる殿御は、他におりますまい。これでは、いつまでも怒りをためこむことなどできません」

「で、では、許してくれるのか？」

「もちろんです。さ、あなた。わたくし達だけの蛍狩りをいたしましょう。あ、その前にお酒と肴《さかな》を持ってきますね」

「いや、その必要はない。じつは、帰ってくる前に、奉行所の料理番に頼んで、あれこれ詰めてもらってきたのだ」

そう言って、飛黒は後ろから小さめの重箱と徳利《とっくり》を引っ張りだしてみせた。

「さすがあなた！　抜かりなしですわね！」

褒《ほ》めたたえられ、飛黒はまるで若者のようにはにかんだ顔をした。そんな夫を心底愛おしいと思いながら、萩乃はいそいそと夫の横に座り直した。

一方、茶室の外には、右京と左京がいた。障子に耳をつけ、ずっと中の様子をうかがっていたのだ。

両親が仲直りしたのがわかり、双子はほっとして笑みを交わした。

「夫婦喧嘩は犬も食わぬというのは本当だと、つくづく思いませんか、左京？」

「まったくですね、右京。この二日間、やきもきしていた私達はなんだったのでしょうね」

「でも、とにかく元通りのおしどり夫婦に戻ってくれてよかったです」

「そうですね。ところで……母上が言っていた、怒っていいと助言をしてくれたというのはどなたでしょうね？」

「うーん。どなたでしょう？」

そんなことを話しながら、双子は足音を忍ばせて茶室から離れていった。

秘密の茶飲み仲間

これは少し昔の話である。

その茶室はとても小さく、だが品の良いものだった。青々とした真新しい畳《たたみ》。雅《みやび》な香りを立ちのぼらせている香炉。床の間に飾られた掛け軸《かじく》は、三日月と白狐《しろぎつね》が描かれた優美なもので、置いてある茶道具や炉《ろ》もこれまた極上の品だ。

そんな茶室の中で、兎《うさぎ》の女妖《じょよう》、玉雪はだらだらと冷や汗をたらしながら、正座していた。体はすくみ、すっかり縮みあがっていた。なぜなら、玉雪の前には、月夜公が座っていたからだ。

東《ひがし》の地宮《ちぐう》を司《つかさど》る妖怪奉行、月夜公。王妖狐族《おうようこぞく》の長《おさ》にして、強大な妖力を持つ美麗《びれい》な大妖《たいよう》だ。白い髪も、銀色に輝く三本の尾も、玉雪など足元にも及ばない力にあふれている。半分に割った赤い般若《はんにゃ》面をつけた顔は、胸が苦しくなるほど美しい。

この美貌、そして全身から放たれる妖気を前にしては、誰もが平静ではいられないだろう。

しかも、玉雪は問答無用でさらわれ、ここに連れこまれてしまったのだ。

緊張と不安と畏《おそ》れで、玉雪の小さな心ノ臓は破れんばかりになっていた。

どうしてこんなことになったのだと、気を失いそうになるのをこらえながら、必死で考えた。

だが、いくら考えても、思いあたる理由はなかった。

「あたくしは……早く弥助さんのところに行きたいのに」

今夜も、玉雪は弥助のもとに行くつもりであった。弥助は十四歳だが、玉雪にとってはまだまだ幼い子供同然。弥助のことを思うだけで、あれこれ手を貸し、守ってあげたいという気持ちがこみあげてくる。

ましてや、今の弥助はとても不安定だった。二か月前に、絶対的存在であった養い親の千弥を失ってしまったのだから。

だが、代わりに得るものもあった。千弥の生まれ変わりである赤ん坊が、弥助のもとに残ったのだ。

千弥を失った悲しみをまぎらわせるように、弥助は必死でその赤ん坊、千吉を育てている。自分に注がれた愛情を、千吉に染みこませるように。

玉雪にはその姿はとても痛々しく、とても尊《とうと》いものに見えた。だから、こんなところで足止めを食うわけにはいかない。一刻も早く弥助のところに行き、弥助の手助けをしなくては。

そう思う一方で、月夜公を見るだけで、舌がこわばってしまう。「早く帰らせてほしい」と切り出したいのに、自然とうつむいてしまう自分のことが、玉雪は情けなかった。

さて、その月夜公はというと、玉雪の気持ちなどおかまいなしの様子で、黙々と動いていた。炉でわかした湯を茶碗に注ぎ、流れるような所作で茶を点《た》てたかと思えば、そばに置いた菓子箱から色とりどりの干菓子をとりわけ、小さな皿に盛りつけていく。

そうして茶と干菓子の皿を玉雪の前に置くと、ようやく月夜公は口を開いた。

「さ、始めよう。吾《われ》は茶の作法はまったく知らぬが、とりあえず茶と菓子があればよかろう。ということで、どんどん飲むがよい。茶菓子もいくらでも出そう」

「ひゃい?」

月夜公の意図がまったく読みとれず、玉雪は混乱して素《す》っ頓狂《とんきょう》な声をあげてしまった。これは新手の拷問か何かだろうかとさえ思い、体がぴくとも動かなくなった。

そんな玉雪に、月夜公は首をかしげた。そのしぐさ一つとっても、とても艶《あで》やかだった。

「どうした？　この干菓子は嫌いか？　顔色が悪いようだが、寒いのなら火鉢を持ってこよう」

こちらを気遣う言葉に、玉雪はやっと勇気がわいてきた。恐る恐る尋ねた。

「あ、あのぅ……これは、い、いったい、なんなのでございます？」

「何か不満か？」

「いいえ、ふ、不満とかでは、あのぅ、なくて……あの、あのぅ、どうしてあたくしをここへ？」

「なんじゃ。わかっておらなんだか？」

月夜公があきれた顔をした。

「おぬしが言うたのじゃぞ？　密偵のような真似はしたくないと。ゆえに、吾も考え、こうしておぬしを茶の席に招いたのじゃ」

なんのことだと、玉雪は聞き返そうとした。だが、はっとした。密偵という言葉が、忘れていた記憶を引っ張りだしたのだ。

「も、もしかして……先日のことで、あのぅ、ございますか？」

つい先日、玉雪は例によって弥助の家に行った。

千吉はあまり手のかからない赤子だった。めったに泣かず、風呂もおとなしく入り、乳がわりの重湯なども嫌がらずにする。

だが、こだわりが強いところもあり、弥助以外に抱っこされるのを嫌がる。それに、ちょっとでも弥助がそばを離れようものなら、火がついたように泣きだすのだ。

そんなわけで、千吉で手一杯の状態の弥助にかわり、玉雪が掃除や洗濯、ちょっとした料理や繕い物を引き受けていた。

明日に食べるための煮物をこしらえたあと、玉雪は弥助に言った。

「弥助さん。大根、炊いておきました。明日には、あのぅ、よく味がしみていると思います」

「いつもありがと、玉雪さん」

「なんの。このくらい、あのぅ、どうってことないですよぉ。では、あたくしは今夜はこのくらいで」

「うん。気をつけて帰っておくれよ」

「あい。また明日来ますから」

そう約束して、小屋を出たところで、玉雪はびくりとした。まるで亡霊のように、月夜公がたたずんでいたからだ。

小屋の中の弥助達を気にしているのか、月夜公は唇に指を当てた。

「静かに吾についてまいれ」

そう言って、月夜公はすたすた歩きだした。しかたなく、玉雪は言われたとおりについていった。

十分に小屋から離れると、月夜公は改めて玉雪に向き直ってきた。そして傲然《ごうぜん》と命じてきたのだ。「今後は弥助と千吉のことを逐一、吾に報告せよ」と。

驚いたものの、さすがに玉雪は断った。

断られるとは思ってもいなかったらしく、月夜公のほうも驚いたようだった。

「なぜじゃ？　なぜ断る？」

「それは……そんなことをしては、あのぅ、あたくしは月夜公様の密偵となってしまうからでございます。それではとても、あのぅ、弥助さん達に顔向けができません。どうかどうかご勘弁を」

涙声で繰り返す玉雪に、月夜公は何も言わずに姿を消した。だから、この件はあきらめてくれたのだと思っていたのだが……。

こうして玉雪をさらったところを見ると、どうやら違うようだ。

それにしても、なぜ茶室なのだろう？　強制的に話を聞き出したいのなら、奉行所に連れこむはずなのだが。

戸惑っている玉雪に、月夜公はふいに得意げな顔になって鼻を上に向けた。

「吾とて知っているのだ。あれこれ秘密の話をしたり、腹を割って話し合ったりする仲になるには、茶飲み仲間になるのが一番なのじゃと。茶の席では、お互いに心を開き、思っていること、知っている出来事をなんでも話し合うものなのであろう?」

「だ、誰がそんなことを?」

「飛黒じゃ。我が頼もしき烏天狗《からすてんぐ》よ」

間違ってはいないが、大きくずれている!

玉雪は心の中で悲鳴をあげた。

「つ、つまり、あたくしと、あのぅ、茶飲み仲間になりたいと、お、おっしゃるので?」

「そうじゃ。それならば、密偵になった心地はせぬであろう? ということで、さあ、最近見聞きしたことをなんなりと吾に語るがよい。特に、弥助とあの……赤ん坊のことなどがよいな」

そこまでして千吉のことが知りたいのかと、玉雪はあきれると同時に意外にも思った。月夜公は以前の千吉、つまり千弥とは、犬猿の仲であったというのに。喧嘩《けんか》仲間だったということで、気にかけているのだろうか?

聞いてみたい気もしたが、たぶん、月夜公は答えてはくれないだろう。そう思い、玉雪は別のことを口に出した。

「あのぅ、そうしたことは津弓《つゆみ》様からお聞きになったほうが早いのでは？　津弓様も千吉ちゃんのことを気にかけておられます。よく弥助さんのところに、あのぅ、顔を出しておられますよ」

とたん、月夜公はなんとも渋い顔となった。甥の津弓のことを溺愛《できあい》している月夜公にしては、珍しいことだ。

「月夜公様？」

「……津弓はすばらしい子じゃ。賢く、明るく、愛らしい。じゃが、その……なかなか吾が知りたい事柄をずばりと話してはくれぬのじゃ。千吉が笑ってくれた。千吉のむつきを取り替えた。そのようなことばかり話すのでな」

なるほどと、玉雪は少し笑った。

そして、観念することにした。これ以上は逃げられないと思ったし、こんなにも必死な月夜公のことがなにやらかわいらしく思えたからだ。

「わかりました。そういうことであれば、あのぅ、千吉ちゃんのことをお話しいたしましょう。ただ、あのぅ、あたくしばかり話すのは、ちゃ、茶飲み仲間ではないかと」

「吾にも何か話せと申すか？」

「あ、あい……」

「…………」

「あ、いえ、あのぅ、む、無理であれば……」

「いや……おぬしの言うこともっともじゃ。不公平があってはならぬの。……吾は桃が好物じゃ」

突然の告白に、玉雪はぽかんとした。

「……さ、さようでございますか」

「うむ。熟したものより、硬さが残っているものにかぶりつくのが好きじゃ。さわやかで好もしく感じる。さ、おぬしの番じゃ。話せ話せ」

「は、はい。……千吉ちゃんはとても健やかに育っておりますよ。いまのところ、あのぅ、ただの人間と変わりない様子でございます」

「そうか。そのまま育つなら、それでもよいが……もし、妖怪として目覚めることがあったら、その気配を少しでも感じたら、吾に知らせてくれ」

「ど、どうなさるおつもりで？」

「……千吉があくまで人として生きたいと申すのであれば、そうしてやれる方法を探し、施してやるつもりじゃ。逆に妖怪として生きたいとあれば、力の使い方を教えて導いてやらねばならぬ。……千弥は大妖であった。その生まれ変わりである千吉が、力が弱いとは思えぬからな」

ここで、月夜公は苦笑した。

「まあ、どんな生き方を選ぼうとも、あの子が弥助のそばを離れることはあるまい」

「あ、それは考えられませんね」

「そうであろう?」

「あい。今でもしっかり張りついておりますから。まるで、あのぅ、にかわでくっついているようでございますよ」

「うむ。津弓からも聞いておる。目に浮かぶわ。……じつはな、津弓が赤子の頃は、吾もずっと懐《ふところ》に津弓を入れておったのじゃ。吾のそばにおらぬと、あの子はいつも大泣きしてのぅ」

「まあ、では、津弓様を抱いたまま、奉行所へ?」

「いや、奉行所には行かなんだ。様々な穢《けが》れが持ちこまれることもあるからの。か弱い赤子を連れて行くなど、もってのほかじゃ」

「え、では、あのぅ、お裁きなどは?」

「……しばらく休んだ」

「…………」

「当分の間は津弓だけにかまっていたかったのじゃが、さすがにそれは無理での。屋敷内でも片付けられるものは、飛黒がせっせと届けに来たわ。じゃが、一度、大事な記録を読んでいた時に、懐にいた津弓が粗相《そそう》をやらかしての。あれはなかなか大変であった」

慌てふためく月夜公を想像し、玉雪は思わずくすりと笑った。

「粗相と言えば、津弓様はまた梅吉《うめきち》ちゃんと連れだって、あのぅ、いたずらをしでかしたそうでございますね？　筆楽《ふでらく》というあやかしをけしかけて、あのぅ、寝ていた白粉《おしろい》おばの顔にいたずら書きをさせたとか」

「うむ。あの小さかった津弓がそんなやんちゃができるようになるほど成長したのだと、吾としてはじつに感慨深い」

「……そこはお叱りになるべきではございませんか？」

「いや、もちろん叱ったとも。吾とて、むやみやたらに甘やかすばかりではないのじゃぞ。……なんじゃ、その目は？」

「いえ……なんでもございません」

朝が来るまで、玉雪と月夜公は色々なことを語らいあった。

時は流れ、千吉は六歳になった。

そして、玉雪と月夜公の茶会はいまだに続いていた。主な話題は千吉のことだが、それ以外にも色々なことをしゃべりあう。

今では玉雪も、この茶会を楽しみに思うようになっていた。口には出さないが、月夜公のほうもそう思っていると、肌で感じていた。

あの茶室で、月夜公はいつも玉雪を待っている。そしてやってきた玉雪を見ると、その顔には以前にはなかった嬉しそうな笑みが浮かぶのだから。

「……そうだ。今夜のために、桃を採りに行こう」

甘くてさわやかで、でもまだ硬さが残っている桃を渡したら、月夜公はきっと喜んでくれるだろう。負けず嫌いなところもあるから、「次は吾がおぬしの好物を持ってまいるぞ」と、言うかもしれない。

そうしたことがわかるほど親しい仲になったことが、玉雪は少し不思議で、こそばゆかった。

だが、このことは秘密だ。

「誰にも言わない。言わないの」

歌うようにつぶやきながら、玉雪は立ちあがった。

蛙《かえる》達の家探し

大蛙の青兵衛《あおべえ》は、富士山の頂上にいた。目の前には虹色の雲海が広がり、かなたでは太陽が笑っていた。

なんと気持ちがいいのだろうと、大きく息を吸いこんだところ、「おまえさん」と呼ばれた。

振り返れば、いつの間にか女房の赤蛙、蘇芳《すおう》がそこにいた。手にはごちそうを盛りつけた大皿を持ち、にこにこしている。

「さ、おまえさん。もっともっと食べてくださいよ」

そう言って、蘇芳は皿から水饅頭《みずまんじゅう》を取り、青兵衛の口に押しつけてきた。

つるりとした喉越しの水饅頭は、青兵衛の大好物だ。大喜びで口を開け、ぱくりとやった。口の中で、水饅頭はうにょうにょと動いた。

こんな活きのいい饅頭は初めてだと思いつつ、そのまま飲みこもうとした時だ。

「きゃあああっ！」

突然、大きな悲鳴が聞こえてきた。

その直後、べちこんっと、青兵衛は強烈な平手打ちを食らったのだった。


翌日のこと。

華蛇族《かだぞく》の屋敷では、下働きの大蛙達がいつものように忙しく働いていた。青兵衛と蘇芳もここに勤めており、青兵衛は屋敷の雑用を、蘇芳は主に台所での料理をこなしている。

黙々と青兵衛が風呂用の薪《まき》割りをしていると、声をかけられた。

「青兵衛……」

振り向けば、萩乃がいた。

もともとは一族の姫、初音《はつね》の乳母《うば》だった萩乃だが、初音が嫁《とつ》いだ今は、華蛇屋敷の全てをとりしきっている。本来、その役目を担うべき主君と奥方が、芝居だの恋だのにうつつを抜かし、遊び回っているからだ。

正直に言うと、青兵衛は主君夫妻のことは好きではない。我が子達をほったらかしにして、自分達の欲ばかり優先させているからだ。子煩悩《こぼんのう》な青兵衛にしてみれば、とんでもない話で、「初音姫様や東雲《しののめ》ぼっちゃまに寂しい想いばかりさせて」と、いつも腹立たしく悲しく思っていた。

その一方で、萩乃のことは心から信頼していた。萩乃が愛情深く姫と若君を育てなかったら、二人は心のどこかを歪《ゆが》ませて成長していたことだろう。

ともかく、青兵衛はすぐに笑顔になって頭を下げた。

「これはこれは萩乃様。どうも、おはようございやす」

「え、ええ、おはよう。……ところで、青兵衛、その顔はどうしたのです？　まさか、蘇芳と夫婦喧嘩《げんか》でもしたのですか？」

萩乃がそう尋ねるのも無理はなかった。青兵衛の頬には、くっきりと、大きな蛙の手形がはりついていたからだ。

「いえ、そういうわけでは……」

「ま、まあ、夫婦喧嘩をするのはかまいませんが……どんな理由があるにせよ、仲直りはきちんとするのですよ。そうだ。華炎という名の花火のあやかしがいるそうです。頼めば、蛍火《ほたるび》のような光をこしらえてくれるので、それを部屋の中に放って、蘇芳と一緒に眺めてはどうです？」

「いえ、手前どもの家は水瓢簞《みずびょうたん》と言って、大きな瓢簞に妖水を入れたものでやして。火の気のものは入れられないんでございやす」

「あ、そうなのですか」

「へい。それに、そもそも、蛍火を放つような余裕もありゃしやせんよ。今、うちはいっぱいいっぱいでやして」

「いっぱいいっぱい？」

「ぎゅうぎゅう、とても申しやしょうか。手前の顔にこんな手形がついたのも、それが原因でございやす」

訳がわからないという顔をする萩乃に、青兵衛はため息まじりに打ち明けた。

「うちの子供らのことなんでございやすが、ありがたいことにすくすく育っておりやして。それで、そのぅ、とうとう足も生えてきたんでございやす」

「まあ、それでは、とうとうおたまじゃくしから蛙に？」

「それはもう少し先でございやしょう。ともかく、大きくなってきたということでございやす。おかげで、うちの中がもう狭くて狭くて」

「あ、なるほど。足が生えた分、家の広さに余裕がなくなったと」

「そう。まさにそのとおりなんでございやす。おまけに、うちの子達ときたら、まだまだ甘えん坊ばかりで。いつだって手前どもにひっついて寝たがるんでございやす。中には、寝ぼけて手前の口の中にまで入ってくる子もいやして……今朝も危ういところでございやした」

「それは……つまり、こういうことですか？　青兵衛の口の中に子供が入ってきてしまって……それに気づいた蘇芳が、とっさに青兵衛に平手を食らわせた、と？」

「へい。おかげで、子供を飲みこまずにすみやしたから、女房を恨む気持ちはさらさらございやせん。ただ、今後はおちおちゆっくり眠れないと思うと、ちょいと憂鬱《ゆううつ》でございやすね」

もう一度ため息をつく青兵衛を、萩乃はじっと見ていた。そして、思いついたようにうなずいたのだ。

「青兵衛、今日の仕事は切りあげて、帰っていいですよ。蘇芳にもそう伝えなさい」

「えっ？　そりゃまたどうしてでございやす？」

「もちろん、そなた達の新しい住まいを探すためです。どう考えても、今の家は手狭すぎるようですからね。気に入った住まいが見つかったら、すぐに手に入れなさい。いかほどかかろうと、気にすることはありませんよ。わたくしが全て負担しますから」

「そ、そんな、滅相《めっそう》もないことで」

「いいのです」

萩乃の声に力がこもった。

「そなた達夫婦には色々と助けてもらっています。いつかちゃんと返したいと、常々思っていました。というわけで、ここはわたくしの気持ちを汲んでほしいのです。いいですね？　最初に言っておきますが、断ることは許しませんよ」

萩乃の本気を感じとり、青兵衛は早々に折れた。

「そ、それではありがたく」

「ええ、そうしてください。いい住まいが見つかることを祈っていますよ」

「はい。そ、それじゃ、行ってまいりやす」

そうして青兵衛は蘇芳と共に華蛇族の屋敷をあとにしたのだった。

最初、蘇芳はぷりぷりしていた。

「まったく、おまえさんときたら。そんなことを萩乃様に話したら、どうなるか、わかっていたはずなのに。おしゃべりがすぎるのは悪い癖ですよ、もう！」

「す、すまん。ついついしゃべっちまったんだよ。でも、話さなかったら話さなかったで、おまえと派手に夫婦喧嘩したと思われていたはずだ。それはそれで恥ずかしいだろう？」

「まあ、それはそうですけど……でも、こんなご迷惑をかけてしまうなんて、ほんと申し訳ない気分ですよ。……こうなったら、うんといい住まいを見つけて、萩乃様にご報告するとしましょう。そのほうが喜んでくださるでしょうからね」

「ああ、そうしよう」

気合いをこめ、蛙夫婦は住まいを探すことにした。

まずは地図を見ることから始めた。

「どれどれ。おっ！　このあたりは水辺が多そうだな」

「でも、お屋敷からずいぶん遠いですよ。通うのが大変になってしまっては、元も子もないでしょう？」

「確かになあ。……じゃあ、こっちはどうだろう？」

「そうですね。ちょいと見に行ってみましょうか」

「そうしよう。あと、ここと、それからこっちの沼も気になる」

「じゃ、そちらもあとで見ましょう。すぐに決めるんじゃなくて、色々と見ていったほうがいいと思うから」

阿吽《あうん》の呼吸で話をまとめ、青兵衛達はまずは大きな湖に向かった。森の中にあるその湖は、静かでなかなか風流な雰囲気があり、ことに蘇芳は一目で気に入った。

「あらま、ここはすてきだこと。いいじゃないの。ねえ、おまえさん？」

「そうだなあ。なかなかいいと思うが……だが、焦るのはよくない。ちょいと周りのあやかしに話を聞くことにしよう」

「確かに。ご近所さんの声は大切ですからね」

湖の中に潜ってみたところ、水底のほうで藻《も》を集めている河童《かっぱ》を見つけた。二匹はすぐに泳ぎより、この湖に住んでみたいと思っているのだが、と切り出した。

河童は陽気な気性らしく、ぺらぺらとしゃべってくれた。

「ここ？　そりゃいいところだよ。静かだし、水も藻も魚もうまい。広いから、どんな水妖が来たって、ちっとも迷惑にはならないし。前に、龍謝《ロンシエ》という中国から来た妖怪が立ち寄ったこともあってね。こんな湖は、中国にもないって、褒《ほ》めてくれたよ」

「そりゃすごい」

「ああ。とにかくお勧めさ。……あ、でも、あれだ。子妖はここにゃ住めないね」

思いだしたように河童が言ったので、青兵衛と蘇芳は顔を見合わせた。

「子妖が、だめってことですかい？」

「それはまたなんで？」

「うん。湖の東に、水ひげっていうあやかしが住みついているんだよ。仙人を気取っているやつで、勉学の邪魔になるからって、騒がしいのと子供が大嫌いなんだ。前にも子持ちの河童が近所に暮らしていたんだが、ねちねち、ねちねち、そりゃもう嫌味を言って、ついには追い出しちまったのさ。てなわけで、子持ちには、ここは絶対にお勧めしないよ。

「……おまえさん方、子供はいるのかい？」

「……五十六匹」

「あ、そりゃだめだ。あきらめたほうがいい」

「……そうですね」

いくら住み心地がよい場所であろうと、ご近所と悶着《もんちゃく》するとわかっていては手が出せない。青兵衛達はすぐにあきらめ、他を当たることにした。

次は、池だった。浅いがかなり大きく、底には水草が生い茂っていて、住み心地が良さそうだ。なにより、住みついているあやかしはいないようだった。

「これだったら、うちの子達も窮屈《きゅうくつ》な思いをせずに、のびのび育ちますよ。いいじゃないですか、ここで」

「うん。そうだな。気に入ったよ。……しかし、こんないい場所が今まで手つかずだったなんて、なんだか信じられないなあ」

「確かに。……さっきの湖みたいに、また厄介《やっかい》なご近所さんがいるとか？」

「ありえるな」

と、柔らかな声が下から立ちのぼってきた。

「もし。どうかしなすったんですか？」

はっとして下を向いてみれば、足元の草の中から、にゅうっと、大きなかたつむりが角をのばして、こちらを見ていた。

縁があればこのかたつむりとも隣人になるかもしれないと、青兵衛は礼儀正しく身をかがめて言った。

「どうもこんにちは。じつは、ちょいと住まいを探してやしてね。で、今度この池に越してこようかと」

青兵衛の言葉を聞くなり、かたつむりはうねうねと身をくねらせるようにして笑いだした。

「ほほほ！　そりゃ無理ですよ」

「無理？　ってことは、やっぱりもう他のあやかしのものってわけでやすか？」

「いえいえ、そうじゃなくて。ここに住むのは無理ってことです。だって、ここ、水たまりなんですから」

「み、水たまりぃ？」

「はい。毎年、梅雨になると、近辺の山々から水がここに集まって、こうして池みたいな水たまりができるんです。梅雨が終わったあとも、だいたいふた月ほどは保《も》ちますけどね。それでも秋になる頃には、からからに干上がってしまう。悪いことは言わないから、やめておきなさい」

「あ、ありがとうございやす」

「ええ、ほんとに。教えていただいて、助かりましたよ」

青兵衛と蘇芳は冷や汗をぬぐいながら、かたつむりに礼を言った。

その後もあちこち見に行ってみたが、ことごとく外れだった。

きれいだが、塩辛い海水が流れこんでくる河口。

凶暴そうな怪魚がうようよいる淵。

滝の勢いが強すぎて、子供らが怪我するのが目に見えている滝壺。

とにかく、どれもぴんとこないものばかり。だんだんと青兵衛達は疲れてきて、しまいにはぐったりとへたりこんでしまった。

「きょ、今日はもう帰りませんか、おまえさん?」

「そ、そうしたいのは山々だが……何も収穫がないとなると、萩乃様に申し訳ない気がする」

「確かにねえ。……ああ、こんなに手こずるなら、せめてお弁当でも持ってくるべきでしたよ」

「そうだなあ。こうも腹が減っていると、余計にくたびれるからなあ」

青兵衛が自分の腹を悲しげに撫でさすった時だ。

いきなり、蘇芳が青兵衛の口を手でふさいできた。

「なっ！」

「しっ！　おまえさん、ほら、聞こえませんか？」

「ん？　何がだい？」

「子供の泣き声ですよ。ほら、聞こえるでしょ？」

「……本当だ」

子供の泣き声が、確かに聞こえた。しかも、よくよく聞いてみれば、泣き声などではなく、尋常ではない悲鳴だ。それがぐんぐん近づいてくる。

「上だ！」

青兵衛達は空を見あげた。

大きな鷺《さぎ》がさあっと飛んでくるところだった。その長いくちばしには、どじょうが一匹はさまれ、ぎゃあぎゃあ泣きわめいていた。

あやかしの子供だと気づき、蛙夫婦はすぐさま動いた。

うりゃっと、まず青兵衛が口から水の塊を放った。それはまるで大筒《おおづつ》の玉のごとく飛び、鷺の翼に当たった。

ぐらりと体勢を崩し、鷺がぎゃあっと鳴いた。その拍子にくちばしから子妖がこぼれ落ちた。

だが、地面に叩きつけられる前に、蘇芳がすばやく舌をのばして、落ちてきた子妖を捕まえた。

獲物を逃した鷺は悔しげな目つきをしたものの、大きな蛙達には手が出せないと悟ったのだろう。すぐさまどこかに飛び去っていった。

蘇芳はどじょうそっくりの子妖をそっと手のひらにおろし、優しく声をかけた。

「さあさあ、もう大丈夫ですよ。もう怖いことはないから。坊はどこの子？　おうちがわかるなら、おばさん達が連れて行ってあげますよ」

最初はぴゃあぴゃあと泣きじゃくっていた子妖だったが、蘇芳になだめられ、なんとか自分の名前と住まいを告げてきた。

「そう。坊は露丸《つゆまる》っていうのね。で、おうちはあの林の向こうの沼。よしよし。偉いねえ。ちゃんと言えましたねえ。じゃ、おまえさん」

「合点《がってん》承知。今ごろ、この子の親も必死で捜しているだろうからな。すぐに連れて行ってやろうじゃないか。だが、その子はまず水に入れてやろう」

青兵衛はそばにあったやつでの葉で器を作り、そこに水を注いで露丸を入れてやった。

それから二匹の蛙はその器を大切に持って、露丸が教えてくれた林を抜けていった。

露丸が言っていたとおり、沼が現れた。背の高い葦《あし》がそこここに生えており、まるで小さな島が点々と沼の中にあるような風情をかもしだしている。底のほうは柔らかな泥がたまっているようだが、水は澄んでおり、おたまじゃくしにとっては絶好の住み処と言えた。

「こりゃまた……いい沼だなあ」

「ほんとにねえ。こういう場所に住めたらねえ」

思わずため息をついた時だ。

甲高《かんだか》い悲鳴が、水の中から聞こえてきた。

「露丸？　露丸、どこなの！」

びしゃっと、激しい水しぶきをあげて、沼の奥から人型のあやかしが飛びだしてきた。髪も肌も、着ているものすらもぬるりと光沢があり、少し生臭い。顔はなかなかの美人だが、今は血の気を失って、灰色に変じている。

「おっかあ！　おいら、ここ！　ここだよ！」

露丸が器の中から顔を出して叫べば、女はすぐさま水面を駆けて近づいてきた。

そうして、鷺にさらわれかけていた子妖は、無事に母親のもとに戻ったのだ。

母親は涙に濡れた目を青兵衛達に向け、深々と頭を下げてきた。

「ほ、本当にありがとうございます！　この子の命の恩人です！　あたしときたら、う、うっかり少し目を離してしまって……」

「いやいや、そう自分を責めるもんじゃありやせんよ」

「そうですよ。うちにも小さい子が何匹もおりますから、大変さはよっくわかります。なにはともあれ、露丸ちゃんが無事でよかったじゃありませんか」

青兵衛と蘇芳に慰められ、母親は顔をくしゃくしゃにしながら、もう一度頭を下げた。気持ちが落ちつくと、母親は青藻《あおも》と名乗り、お礼をさせてほしいと、青兵衛達を夕餉《ゆうげ》に招いてくれた。空腹で力尽きそうになっていたこともあり、青兵衛達はその申し出を受けることにした。

次々と料理が出される頃には、青兵衛達は青藻一家とすっかり打ち解けていた。

青藻はこれまた子だくさんで、露丸そっくりのどじょうの兄弟達がうじゃうじゃいた。子供らは笑い声をあげながら泳ぎ回り、青兵衛と蘇芳にふざけかかったり、甘えたりしてきた。大変な騒ぎだったが、自分の子供達も同じくらい騒がしいので、青兵衛達はびくともしなかった。それよりも、こうして子供らが元気に好きなだけ騒げる広さがあることがうらやましかった。

蘇芳は思わず、ここに似た沼が近くにあるだろうかと、青藻に聞いた。

「おや、そんなことを聞くなんて、どういうわけでござんす？」

「いえね、できることなら、こういうところに住みたいなあって思いまして。さぞかし住み心地がいいのでしょう？」

とたん、青藻のぬめっとした顔が曇った。

「青藻さん？」

「いえ……ここは確かにいい沼です。でも、あたし達が住むには、ここは大きすぎるんですよ」

「大きすぎる？」

「あい。目が届かなくて、すぐに子供を見失ってしまうんです。そうなったらどうなるか、もうおわかりでござんしょ？　だから、もっと小さな住まいを探しているところなんですが、なかなかいいところがなくてねえ」

憂鬱そうにため息をつく青藻。

一方、蘇芳はごくりとつばを飲みこみながら、青兵衛を見た。夫の顔を見たとたん、同じことを考えているとわかった。

だから、蘇芳はゆっくりと切り出した。

「じつはですね、あたし達はそちらとは逆の理由で住まいを探しているんですよ。今のうちは水瓢箪で、そりゃもう窮屈でして……でも、青藻さんのお子さん達はうちの子達よりもずっと小さく細っこいですし……あの、もしよかったら、一度、あたし達の家を見に来ませんか?」

蘇芳の言葉に、青藻の目が輝いた。


その後はあれよあれよという間に話がまとまった。

青藻は一目で青兵衛達の水瓢箪を気に入り、ぜひとも住みたいと、熱をこめて言ってくれたのだ。

「ここでなら安全に子供達を育てられます! だって、瓢箪の中ですものね。……あ、でも、そうなると、そちらのお子さん達が今度は危険な目にあうかも」

「そりゃ心配いりやせんよ」

ぽんと、青兵衛は胸を叩いてみせた。

「鷺とか猫とかがおいそれと沼に近づけないよう、毎日、痺《しび》れ毒の息を吐いておくつもりでおりやすから」

「ああ、それなら本当に大丈夫ですね」

「それじゃ、決まりってことで?」

「ええ、すぐに引っ越しさせてもらいたいのですが、かまいません？」

「もちろん。なあ、おまえ？」

「ええ、ええ。善は急げと言いますものねえ」

その夜のうちに、青兵衛一家は沼へ、青藻一家は水瓢箪へと移り住んだ。

新たな住まいに、子供達は大喜び。はしゃぎながら沼を泳ぎ回るおたまじゃくし達の姿に、青兵衛は目を細めた。ああ、やっぱり引っ越してよかったと、しみじみ思っていると、蘇芳が優しく寄り添ってきた。

「お疲れ様でした、おまえさん」

「おお、そっちもな。住まい探しは骨が折れたが、こうしていいところに引っ越せて、本当によかったよ」

「あきらめて、四番目に見に行った池にしなくてよかったですよねえ」

「ああ、火達磨《ひだるま》達が近くに住んでいるせいか、やたら水がぬるくて気持ち悪いところだったなあ。いや、あそこだったら、じわじわ体が茹《ゆ》で上がっちまっていたよ」

「そうなったら、おまえさん、赤兵衛《あかべえ》って名前を変えなきゃならないでしょうね」

「はは、違いねえ」

笑いあったあと、青兵衛は言った。

「さ、今夜は疲れたし、早く寝ちまおう。明日は朝一番で、萩乃様にこのことをお知らせしなくちゃ」

「ええ、きっと喜んでくださいますよ」

だが、青兵衛も蘇芳もすっかり忘れていたのだ。子供らがまだまだ甘えん坊であり、住まいが広くなろうと、夜はやはり両親にぴったりはりついて寝たがるということを。

おたまじゃくし達は青兵衛達に群がるようにして眠り、その結果、青兵衛はまたしても蘇芳の強烈なびんたを食らって、口に入りこんだ我が子を吐き出す羽目になったのである。

冬の訪れ

小さな妖怪なきは、じっと銀杏《いちょう》の大木を見あげていた。

つい先日まで、この木には金色に色づいた葉がみっしりとつき、神々しいほど美しい姿だった。が、今はその葉もだいぶ落ちており、枝や幹があらわになり始めている。

冬が来る。じきに冬になる。

なきにとって、それは待ちきれないほど嬉しいことだった。

「また……あの人のところに行けるんだ」

なきは、持たざる妖怪だ。

ほんの偶然に、虚無《きょむ》から転がり落ちるようにして誕生した、ささやかな存在。縄張りもなければ、家族もいない。

しかも、とても厄介《やっかい》なことに、「無」であることがなきの宿命であった。

自分の意志では、何一つ、手に入れることができないのだ。

目の前にきらめく宝が落ちていて、それをどれほどほしいと思っても、手をのばして拾いあげることはできない。誰のものでもない桜の花びら一枚、浜辺の砂一粒すら、我がものにはできない。

なきはそういうものだった。

妖怪ゆえに、腹が空いたり、喉が渇いたりすることはない。五歳ほどの女童《めのわらわ》にしか見えない体は、それなりに頑丈で、寒さや暑さにもそれほど悩まされることはない。

つまり、何もなくとも生きていけるわけだ。

だからこそ、なきはいつも飢《う》えていた。あらゆるものに激しく飢えていたのだ。

人里にもしばしば入りこんだ。人の子と間違われ、飯や小銭をもらうこともあれば、ひどい言葉を浴びせかけられ、追い払われることもあった。

そうしたこと全てが、なきには嬉しいものだった。優しさにしろ冷淡な扱いにしろ、自分のようなものに与えられるものは、なんであろうと尊く思える。

そんなわけで、人や妖怪や獣からの贈り物を期待して、なきはいつもゆるやかに、あてどなく歩き回っていた。

だが、二年前から、冬は鈴白山《すずしろやま》という山で過ごすようになった。「どこにも行く当てがないなら、冬の間は、俺の洞窟で休めばいい」と、山の主である細雪丸《ささめまる》が言ってくれたからだ。

細雪丸は、鈴白山で生まれた冬の申し子で、雪のように白くきれいな少年の姿をしている。そして、細雪丸もまた、なきと同じように生まれながらの枷《かせ》に囚《とら》われていた。

細雪丸は、山から一歩も出ることができないあやかしなのだ。おまけに冬以外の季節は氷室《ひむろ》となっている洞窟の中に引きこもり、まどろんでいなければならない。

とても狭くて不自由で、冬と雪と冷たさしか知らないはずの細雪丸。だが、その心根は誰よりも温かい。冬になれば、鈴白山を飛び回り、凍え死にしかけている人間を助けるほどだ。

なきもそうやって助けてもらった。知らずに鈴白山に足を踏み入れてしまい、猛吹雪で凍りつきそうになっていたところを細雪丸が拾いあげてくれたのだ。

細雪丸はなきを住まいの洞窟に連れて行き、あれこれ身の上話を聞いた上で、「冬はここにいればいい」と言ってくれた。

それ以来、なきは細雪丸のことを心から慕《した》っていた。細雪丸だって、決して持っているものは多くないというのに、それを自分に分け与えてくれた。なんてすばらしい魂の持ち主だろうと、心底感動したのだ。

だから、なきは叫ぶように言った。

「細雪丸様！　お礼をしたいです！　あ、あたいにできることなら、なんでもするから、言ってください！」

「おいおい。細雪丸様だなんて、大仰《おおぎょう》に呼んでくれるなよ」

「それじゃ、ささ様！」

「……それもなんか小っ恥ずかしいなあ」

頬をぽりぽりとかきながら、細雪丸はなきのことを見返してきた。そして、ふと真顔になって口を開いた。

「それじゃ……春から秋までの間に、一度でいいから、弥助という人間の住まいを訪ねてくれないか」

「弥助？　人間？」

「ああ。住まいはすぐにわかると思う。妖怪の間じゃかなり名が知られているからな。そこに行って、弥助と……弥助の弟の千吉がどんな様子か、見てきてほしいんだ。陰からこっそり盗み見てくるだけでいい。それを、冬に戻ってきた時に、俺に聞かせてくれないか？」

「そんなことでいいんですか？」

拍子抜けするなきに、細雪丸は静かな微笑《ほほえ》みを浮かべた。

「さっきも言ったが、俺はこの山から一歩も出られない。でも、弥助と千吉の様子を知ることができたら、それだけで嬉しいんだ。あの二人、特に千吉のほうは……俺にとって大事なやつだから」

なんとも奇妙な頼みだったが、なきはうなずいた。

冬が終わり、細雪丸のためならやりとげてみせる。細雪丸が春の眠りについたのを見届けてから、なきはさっそく弥助達のもとに向かうことにした。

細雪丸の役に立てるのだと思うと、体に力がみなぎるようだった。それに胸がときめいてもいた。優しい細雪丸があんなに大切そうに言うのだから、きっと弥助と千吉はそれだけの価値があるのだろう。いったい、どんな兄弟なのか、見るのがとても楽しみだった。

細雪丸が言っていたとおり、弥助達の居場所はすぐにわかった。弥助は人間でありながら、妖怪の子預かり屋をやっており、子持ち妖怪達の間では知らぬものがないほどだったからだ。

鈴白山をおりて数日後には、なきは弥助達の住む小屋にたどり着いていた。

夜だったので、なきは気配を殺して屋根にのぼり、板の隙間からそっと中を見下ろした。

小屋の中では、若者と小さな男の子がいた。どちらも笑顔で、たわいのないことをしゃべりながら、雑炊《ぞうすい》を分けあって食べている。

あれが弥助と千吉に違いないと、なきはいっそう注意深く見つめた。

兄の弥助は、顔立ちこそ平凡そのものだが、生き生きとした目をした、愛嬌《あいきょう》のある若者だった。優しさと芯の強さが全身から光のようにこぼれでており、なきは好もしいと思った。

一方、弟の千吉は、驚くほど美しい子であった。

抜けるように白い肌に、細工物のように整った目鼻立ち。うっすらと赤みがかった髪も、淡い桜色の爪の形も、どこをとっても非の打ち所がない。弥助と並ぶと、兄弟どころか、別の生き物にしか見えないほどだ。

だが、なきは見た瞬間に、「嫌い」と思った。

そう思ったことに驚き、どうしてだろうと、首をひねった。

「ささ様が好きな相手は……あたいも好きになりたいのに」

理由がわからなかったので、とりあえずそのまま数日、二人のことを見守り続けてみることにした。

弥助達の暮らしぶりはささやかだったが、幸せに満ちたものだった。

よく働き、弟の面倒をよく見る弥助は、夜な夜な子供を預けにやってくる妖怪達に対しても優しく辛抱《しんぼう》強かった。その笑顔は夏の日差しのように明るく、なきは心を惹きつけられた。

だが、千吉のことは知れば知るほど嫌いになった。

まだほんの幼子のくせに、千吉はひどく冷めた目をして世間を見ている。そのくせ、兄のことが大好きで、独り占めしたくてたまらないらしい。弥助には極上の笑顔を見せるくせに、他の者達のことなど目に入らぬかのように振る舞うところが、なきは不快でたまらなかった。

毎晩のように弥助達の小屋を訪れる玉雪というふっくらとした女妖《じょよう》。

やかましいほど元気な梅妖怪《うめようかい》の子と、ぷくぷくした頬を持つかわいらしい子妖。

弥助達の小屋の向かいには、別の家があり、そこに住んでいる一家も、なにくれとなく兄弟のことを気にかけている。

そんな幸せなことを、こんなふうに邪険《じゃけん》にするなんて、千吉はわがままだと、心から思った。

だから、その年の冬、鈴白山の洞窟に戻ったなきは、細雪丸に千吉のことをできるだけ悪く報告した。そんな自分を醜《みにく》いと思ったが、どうしてもやめられなかった。

細雪丸に気づいてほしかった。あの千吉という子は、細雪丸が気にかけるような相手ではないのだと。

ぶちまけるようにして話し終えたなきは、期待をこめて細雪丸を見た。

だが、細雪丸はがっかりした顔などしていなかった。それどころか、楽しそうに笑っていたのである。

「さ、ささ様?」

「あ、ごめんな。いや、いかにもあいつらしいと思って。……やっぱり、赤ん坊からやり直しても、弥助のことが一番なんだな」

「え?」

「いや、なんでもない。本当にありがとうな、なき。よければ、また来年も頼む。楽しみにしているから」

そう言って、細雪丸はひどくご機嫌な様子で歌いだした。

さらら、さららと、雪が降る
白い山を守るのは、雪より白い細雪丸
そらそら、吹雪が呼んでいる
あっちで子供が凍えてる

こっちで子供が雪まみれ
走れ、走れ、細雪丸
子供を助けて春を待て
さらら、さららと、雪は降る
春まで積もる雪なれど
凍えることはあるまいぞ
細雪丸がおるなれば
細雪丸がおるなれば

この歌は細雪丸のお気に入りで、細雪丸は何かとこれを口ずさむのだ。だが、こんなにも楽しそうに歌うところは見たことがなく、なきは唇をぎゅっと噛んだ。

弥助と千吉のことを聞けて、細雪丸はとても喜んでいるのだ。千吉のほうはとんでもないやつだというのに、それを当たり前のように受け入れているのはなぜだろう？　ああ、わからない。わからないが、気に食わない。細雪丸が気にかけるのは、もっとすばらしいものであるべきなのに。

正直、なきはもう二度と千吉を見たくはなかった。だが、細雪丸に「来年も頼む」と言われてしまった。お礼がしたいと言いだしたのは自分のほうだし、いまさら「もうやだ」とは断れない。

せめて冬の間だけは、細雪丸のそばにいる間だけは、千吉のことを忘れて過ごそう。なきにできることは、それくらいしかなさそうだった。

そして翌年の夏、なきはまた弥助達の小屋に行った。

暑い夏の夜だったので、弥助と千吉は外に出て涼んでいた。二人のそばには、向かいの家に住んでいる愛らしい双子《ふたご》の娘達がいて、きゃっきゃっとふざけながら蛍《ほたる》を追いかけていた。

千吉は去年よりもずっと大きくなり、その美しさもさらに磨きがかかったようだった。だが、その顔に子供らしいあどけなさがあふれるのは、弥助を見る時だけ。あとのことには、しらっと無関心で、冷ややかなまなざしをくれるばかりだ。一緒に遊ぼうと双子に声をかけられても、しぶしぶという感じで腰をあげる。

盗み見ていたなきは、悔しくてならなかった。あんなかわいい双子に「遊ぼう」と誘われたら、自分だったら天にも昇る心地になるだろうに。

ようやく、なきは悟った。自分は千吉に嫉妬しているのだ。

正直、なぜ千吉ばかりと思う。住むところはあるし、食べるものに困らない日々。周囲には優しい人と妖怪がいて、がっちりと守られていて、うらやましいったらない。

なのに、千吉は兄しか見ていない。自分がどんなに恵まれているか、わかってもいないはずだ。

替われるものなら替わりたいと、なきは思わずにはいられなかった。

自分だったら、もっとありがたく毎日を大切に過ごすだろう。みんなの優しさに感謝をし、宝物のように全てを大事にするのに。

持たざる妖怪として、これまでどんなことにも執着しないようにしてきたなきにとって、こんなにせつなくて苦しい想いを味わうのは初めてだった。

「やなやつ！　やなやつ！　やなやつ！」

ねたましさで胸がきりきりし、なきは逃げるようにしてその場を立ち去り、その年は二度と弥助達の小屋を訪ねることなく、あちこちをさ迷い歩いた。

そして、秋の終わりに細雪丸のもとへと戻った。

細雪丸はもう目を覚ましており、待ちかねたように「千吉はどうだった？」と、なきに尋ねてきた。

なきは、今度は言葉少なく、だがたっぷりと棘をこめて、千吉がいかにかわいげなく育っているかを話した。

それでも細雪丸は満足そうに笑うだけだった。

「ははは っ! あいかわらずってことだな。よしよし。それでいいんだ、あいつは」

「…………」

やっぱり顔立ちがいいから、細雪丸も千吉のことを気に入っているのかしらと、なきは少し悲しくなった。だが、それを口に出すことはできなかった。

うつむきかけるなきに、細雪丸は催促してきた。

「他には? あいつと弥助は他にどんなことをやっていた?」

「……たいしたことはないです。あの二人の毎日はいつも同じようなものだから。そ、それより、ささ様は西風の森にある千年桜のことを知っていますか?」

「千年桜? いや、初めて聞く」

「すごく大きな桜の木なんです。春になると、花を数え切れないくらい咲かせて、まるで桜色の雲をまとったような姿になって」

「へえ、そうなのか」

「はい。それはそれできれいなんですが、散る時もすばらしいんです。それこそ吹雪のように花びらが舞い散るんですから」

細雪丸の興味を千吉から引き離そうと、なきは心に決めていた。そのために、今年はいつもよりもあちこちを歩き回って、色々なことを見聞してきたのだ。

夏に催された河童《かっぱ》達の大相撲《おおずもう》がいかに勇壮であったか、とある村の秋祭りのごちそうがどんなに美味《おい》しそうだったかなどを、なきは一生懸命話した。

細雪丸は喜んで耳をかたむけてくれた。が、千吉の話を聞いた時のような柔らかな表情が浮かぶことはなかった。

どうあがいても、細雪丸の気持ちは変えられない。

なきはその冬、絶望を噛みしめて過ごした。


「あんなやつ……ささ様はどうして気にかけるんだろう?」

憎々しくつぶやきながら、なきは改めて大銀杏の木を見つめた。

数日前、なきは山中に朽ちかけた御堂を見つけ、しばらくそこに留まることにした。御堂の前にそびえ立つ大銀杏の木が、すっかり気に入ってしまったからだ。そして、この銀杏から最後の葉が落ちたら、細雪丸のところに行こうと決めた。

「また……あの人のところに行けるんだ」

今日は風が強いから、きっと明日か明後日には銀杏の木は丸裸になることだろう。ああ、とても待ち遠しい。

と同時に、憂鬱《ゆううつ》な気持ちにもなった。

じつは、三年目となる今年は、まだ一度も弥助達の小屋を訪ねていなかった。だが、鈴白山に行くなら、その前に弥助達の様子を見てこなくてはならない。それが細雪丸との約束なのだから。

もう先延ばしにはできないと、なきは重い腰をあげた。

そうしていやいや弥助達の小屋についてみれば、弥助はいたものの、千吉の姿はなかった。

いなくなってくれたのか？　もしかして、もう手に負えないと、弥助が千吉をどこかにやってしまったとか？

そんなことが瞬時に頭に浮かんできてしまったことに、なきは落ちこんだ。

これだからここには来たくなかったのだ。自分の中の醜さがどんどんむきだしにされていくようで、ぞっとしてしまう。だいたい、弥助が千吉をよそにやるはずがない。弥助は、他の誰よりも千吉のことを大切にしているのだから。

元気そうに井戸水を汲んでいる弥助をしばし見つめたあと、なきは今度は千吉を捜すことにした。

千吉は小屋から少し離れた林にいた。一人でせっせと、地面に落ちたどんぐりを拾い集めていたのだ。食べるためではなさそうだが、大きなものを選んでは、持っているざるに入れていく。集中して取り組む姿は、年相応に幼く見えて、なきは不思議だった。

冷めた目をして、他者にそっけない態度を取るかと思えば、兄の弥助にはとろけるような笑顔を見せて、人目も気にせず甘える千吉。いったい、どちらが本性なのか、見ていてわからなくなる。

そんなことをぼんやりと考えこんでいたせいか、なきは知らないうちに気を抜いてしまったようだ。

ふと気づけば、千吉が目の前に立っていた。

ひえっと、身を固くするなきを、千吉はじっと見つめてきた。子供とは思えないような、冷ややかなまなざしだった。

「誰だ?」

「……………」

「妖怪だな? 昼間に出てくるなんて、何か俺に急ぎの用でもあるのかい?」

声も冷たいと、なきは思った。

体が震えてしかたなかった。たかだか六つかそこらの人間の子に、どうしてこうも怯《おび》えてしまうのだろう。

情けない自分を奮い立たせ、なきは必死で口を開いた。

「ち、違う……。別に、あんたに用なんて、ない。ただ、な、何をしているのかなって、思って」

「見てわからないのか？　どんぐりを拾っているんだ」

「……食べるの？」

「違うよ」

ぱっと、千吉は花咲くような笑みを一瞬浮かべた。

「俺の兄ちゃんに頼まれたんだ。どんぐりで独楽《こま》や人形をこしらえたいから、いいやつを拾ってきてくれって。だから、俺、うんと大きなやつだけを選んで、持って帰ってあげるんだ」

自慢そうにざるを見せてくる千吉。確かに、ざるに入っているどんぐりは、どれもこれも大粒で、つやつやしていて、なんだか宝物のように見えた。

もしかしたら、なきはうらやましげな顔をしていたのかもしれない。ふいに千吉が言ったのだ。

「ほしいなら、おまえも拾ったらいいじゃないか。こんなにたくさん落ちているんだから」

なきは泣きたくなった。

落ちているどんぐりを拾う。拾って自分のものにする。そんなたわいもないことが、自分には許されていないのだ。

「おい、どうしたんだよ？　なんで泣きそうな顔をするんだ？」

「………」

不思議そうな顔をする千吉を、なきは見ていられなかった。

あふれんばかりに周りから愛されて、なんでも与えられ、笑いかけられている幸せな子。細雪丸にさえ気にかけられている子。ああ、自分とは大違いだ。

だからこそ、千吉にだけは自分の宿命を知られたくなかった。知ったら、千吉は同情してくるだろうか？　それとも、歯牙にもかけず、「ふうん、そうなのか」で終わらせるだけだろうか？　どちらにしても惨《みじ》めだ。

だから、なきはぎゅっと口を閉じ、下を向いた。そんななきに、千吉は肩をすくめ、またどんぐりを拾いに戻っていってしまった。

やっぱりだと、なきは思った。

千吉は嫌な子だ。優しくない。周りにいるすばらしい人達に見合わない。なきが苦しんでいるのは感じとったはずなのに、こうして平気で見捨てていけるのだから。

「……違う。あたいが……嫌な子なんだ」

なきは千吉の問いかけに答えず、ほっといてくれという態度を取った。千吉はなきの願いどおりにしただけ。だから、この怒りも不満も理不尽だ。

ああ、自分でもどうしてもらいたかったのかがわからない。真っ黒なすすをべたべたとなすりつけられ、心が汚れていっているような気がする。こんな心を抱えたまま、はたしてあの雪のようにきれいな細雪丸のもとに戻ってもいいものだろうか？

もんもんと悩んでいた時だ。

ふいに、千吉がなきの前に戻ってきた。

「ほら、やるよ」

ぶっきらぼうに差しだされたのは、大きな木の葉で作った器だった。それには、金茶色に輝くどんぐりがひとつかみほど入っていた。

驚いて言葉もないなきの手に、千吉は押しつけるようにして器を持たせてきた。そして、またさっさとなきに背を向けたのだ。

なきはその背中に小さく呼びかけた。

「どうして？」

無視されるかと思いきや、千吉はちゃんと振り返って答えてきた。

「ほしそうに見えたから。違うのか？」

「……ち、違わない、けど……でも、どうして？」

見ず知らずの、しかも問いかけに答えようともしない失礼な相手に、どうしてわざわざ集めたどんぐりをくれるのか？　千吉はそんなことは絶対しないはずなのに。

混乱しているなきに、千吉はこともなげに答えた。

「弥助にいならこうするだろうから」

「弥助、にい……」

「そうさ。だから、俺も同じようにするんだ」

それだけだと、きっぱりと言い切り、千吉は今度こそ林の向こうへと立ち去った。

一人残されたなきは、しばらくそのまま立ち尽くしていた。まるで夢でも見ていた気分だ。だが、手の中にはどんぐりを盛った器がある。

千吉からの贈り物を見つめるうちに、ふつふつと、熱い想いがこみあげてきた。

やっぱり千吉は嫌いだ。あの子はなんでも持っていて、うらやましくてしかたないから。でも、優しくないというところは取り消そう。ああ、そこだけはちゃんと取り消してやらなくては。

器を大事に持ち直し、なきは早足で歩きだした。

このまま鈴白山に向かうのだ。銀杏の葉が落ちるのを待ってなどいられない。今すぐ細雪丸のもとに行こう。まだ眠っていたら、起きるのを洞窟の中で待てばいい。

とにかく、目覚めた細雪丸に一番に報告したかった。千吉はちゃんと思いやりのある子に育っています、と。

「そうだ。このどんぐり、半分はささ様にあげよう」

千吉がくれたものだと聞けば、細雪丸はとても喜ぶだろう。

それに考えてみれば、今までのなきは誰かからもらうばかりで、あげることはなかった。これが初めての贈り物だ。

「知らなかった……。贈り物って、自分がもらうより誰かにあげる時のほうが、ずっとずっと楽しくてわくわくするものなんだ」

そんなことをつぶやきながら、なきははずむような足取りで、秋の林をあとにした。

年末の餅《もち》つき

大晦日《おおみそか》も間近という師走《しわす》のある日のこと、大事件が起きた。

その日の朝はとりわけ冷えこみがひどく、空気は刃《やいば》のようにひりひりしていた。目を覚ました弥助はまず、「ああ、布団から出たくねえ」と思った。

だが、そうも言っていられない。炬燵《こたつ》に火を入れ、火鉢《ひばち》にも炭をたさなくては。湯もわかし、弟の千吉が目覚めたら、すぐに熱い湯漬けを食べられるようにしておいてやりたい。

なにより、用足しに行きたくてたまらなくなっていた。

まだ隣に寝ている千吉を起こさないように気をつけながら、弥助はするりと布団から抜け出た。とたん、氷水に浸かったかのように、一気に体が冷えていく。

大急ぎで半纏《はんてん》を着こみ、弥助は「うー、さぶさぶ」とつぶやきながら、外にある便所に向かった。当然ながら、外は小屋の中よりもさらに寒く、今度は骨ががたがたと震えだすような心地となった。

弥助は便所に駆けこむと、出すものを出し、また急いで小屋に戻ろうとした。だが、急ぐあまり、足元の地面がかちかちに凍りついていることに気づかなかったのだ。

あっと思った時には、弥助は思いきり足を滑らせていた。とっさに左手をついたところ、その手がまた滑り、ごきりと、嫌な音がした。

「ぎゃっ!」

左腕のひじのあたりに強烈な痛みがはじけ、弥助は目から火花が散った。この寒いのに、どっと、汗が吹きだしてくるのが自分でもわかった。

叫び声を聞きつけ、小屋から千吉が飛びだしてきた。

「や、弥助にい! ど、どうしたの! どうしたんだよ!」

顔を真っ青にしてすがりついてくる弟に、弥助は答えてやることができなかった。腕を抱えるようにしてうずくまり、痛みに耐えるのが精一杯だったのだ。

その姿が今にも死にそうに見えたのだろう。千吉はさらに青ざめ、言葉にならない悲鳴をあげながら泣きじゃくりだした。

「だめ、だめ! 死なないで! あああ、や、やああ! あああああっ! いぎゃあああっ!」

弥助はなんとか安心させようと、声を絞り出そうとした。だが、その前に、千吉の悲鳴を聞きつけた久蔵一家が母屋から駆けつけてきた。

「おい！　朝っぱらからなんの騒ぎだい？　千吉？　弥助ぇ？　え、ほんと、どうしたんだい？」

「あ、あなた、弥助さんはどうやら怪我をしているようですよ」

「あ、そうか。そうなんだな、弥助？」

弥助はこくこくとうなずいた。

付き合いが長いだけに、久蔵はすぐに事情を察したらしい。

「なるほど。だから千吉がこんなになっちまったってわけだ。よし。弥助、とにかくおまえを小屋に戻すよ。手を貸すから、なんとか立っておくれ。よしよし。それでいい。ぐっ！　お、おまえ、かなり重くなったねえ」

よろけながらも、久蔵はなんとか弥助を立たせて支えてくれた。そのまま自分の家族のほうを振り返った。

「天音、銀音、寒いからおまえ達は家に戻っておいで。初音、悪いんだけど、化けいたちの先生を呼んできておくれ。えっと、ほら、宗鉄先生だっけ？　妖怪の医者のほうが人間の医者よりもずっと腕がいいだろうから」

「わかりました。ほら、あなた達は家に戻って」

「でも、母様……」

「あ、あたし達も弥助にいちゃんのそばに……」

「だめです。早く戻りなさい」

ぴしゃりと双子《ふたご》の娘に言いつけ、初音はさっと姿をかき消した。

一方、久蔵はすぐには動かなかった。小屋に行く前に、千吉に優しく話しかけたのだ。

「千吉、おまえに頼みたいことがある。水を汲んできてくれ。わかるだろ？　おまえの兄貴を手当てするためだよ。いいね？　できるだろ？　弥助のためだ。弥助のためなんだよ」

正気を失ったように泣いていた千吉も、兄のためと言い聞かされ、はっと我に返ったらしい。うなずくや、井戸のほうへと飛んでいった。

弥助は久蔵にもたれかかりながら、ようやく口を開いた。

「や、やるなぁ、久蔵」

「ふふん。おまえらと何年の付き合いがあると思っているんだ。あの子にゃ、ああやってやることを与えてやったほうがいいからね。さ、行くよ。しっかし、重たいねえ。おまえ、太ったんじゃないかい？」

「きゅ、久蔵がひ弱なだけさ」

「憎まれ口を叩くんじゃないよ、この恩知らず小僧が。あ、おまえ達はそんなところで立ってないで、お戻り。おまえ達が風邪でもひいたら、父様、たまらないからさ」

「う、うん」

「弥助にいちゃん、しっかりね」

「こいつは大丈夫だよ。すぐに母様が宗鉄先生を連れてきてくれるから。さ、弥助、行くぞ！　うーむ！　うぐぐぐっ！」

久蔵は顔を真っ赤にしながら、一歩ずつ、前に進みだした。


そのあとすぐに、妖怪医者の宗鉄が娘のみおを連れて、弥助の小屋にやってきた。

手早く弥助の怪我を調べた宗鉄は、きっぱりと言い切った。

「折れていますね」

やっぱりかと弥助はため息をつき、そばにいる千吉はまたぼろぼろと涙をこぼしだした。

「う、うぐっ！　ぐうっ！」

「こら、千吉。そう泣くなって」

「だって、だってぇ、弥助にいの、う、腕が折れちまうなんて……こ、こんなの、あんまりだよぉ。痛いよね？　い、痛いんだよね？」

「そりゃまあ、痛みはあるけど、だいぶ落ちついてきたから、心配するなって。なあに。こんなの、すぐに治してみせるからさ」

千吉を安心させたくて、弥助は腕を軽く振ってみせようとした。だが、がしっと、宗鉄が弥助の肩をつかんだ。

「あんまり強がるもんじゃありません。そうやって無理をすると、悪化しますよ。さあ、早く手当てをしましょう。最初に言っておきますが、骨を継ぎ合わせるのはかなりきついですから、そのつもりで」

「ぐっ……」

ひるむ弥助に代わって、千吉がけたたましく宗鉄にまくしたてた。

「宗鉄先生！　先生！　弥助にいを助けてやってください！　でも、なるたけ痛くないようにしてあげて！　お代は俺が払うから、薬でも術でもなんでも使ってください。弥助にいのためなら、俺、な、なんでもするから！」

「言われなくとも助けますよ。だから、少し静かにしていてください。気が散ると、こちらも力の加減を間違えかねない」

そう言われ、千吉は慌てて口を閉じた。

宗鉄は、助手を務めている娘のみおにうなずきかけた。

「みお。弥助さんの口に猿ぐつわを。舌を嚙まないようにしてあげておくれ。それから私が骨を継ぎ合わせるから、添え木を当てて、しっかり紐で縛りあげるんだよ。何度もやってきたことだ。今日もできるね？」

「は、はい、父様」

みおはうなずいた。その顔から血の気が引いているのは、手当てをする相手が弥助だからだ。

十五歳のみおは弥助を好いているのだ。その弥助が怪我をしたとあっては、平気な顔をしてなどいられない。

だが、そこは医者の卵の端くれ。きゅっと口を引き結び、手当ての準備を終わらせた。

「弥助さん。大丈夫よ。私がついているから。父様と私を信じてね」

「ああ、みお。よろしく頼むよ」

「うん。じゃ、ほら、これを嚙んで」

手ぬぐいを弥助の口に嚙ませ、みおは弥助を元気づけるように微笑《ほほえ》みかけた。

いつもなら、「弥助にいにべたべたするな！」と、千吉が血相を変えてきたことだろう。

だが、今日の千吉はそれどころではなかった。

しっかりと、千吉は弥助の無事な右手を握りしめた。

「大丈夫だよ。弥助にい。お、俺がここにいる。怖いなら、ぎゅっと俺の手を握ってて。痛くしたって、俺、平気だから」

がたがた震えているくせに、自分を安心させようとしてくる千吉が、弥助はとても愛おしかった。だから、思わず体の力を抜き、千吉に笑いかけようとした。

その瞬間を待っていたかのように、宗鉄がすばやく手を動かした。折れてずれていた骨を正しい位置に戻したのだ。

がちりと、自分の腕の中で骨が触れあった時、弥助は自分の左腕が丸ごと粉々になったかのような痛みを感じた。叫び声もうめきもあげなかったが、それは耐えたからではなく、声を出す余裕すらなかっただけだ。

だが、千吉は弥助が味わった苦痛を我がことのように感じたらしい。うーんと声をあげて、その場に倒れてしまった。

「千吉? おい、しっかりおしよ! なんで、弥助じゃなくて、おまえが倒れるんだい、もう!」

あきれた声をあげながら、久蔵は千吉を抱えあげ、揺り起こそうとした。

だが、みおがそれを止めた。

「起きるとまたうるさいから、そのまま寝かしておいたほうがいいと思います、久蔵さん」

「お、みおちゃん、なかなか言うじゃないか。……さては、まだ弥助をあきらめてないってことかい？」

「それは言わずもがなでしょう？」

みおはすました顔をしたが、宗鉄のほうはさっと気色ばみ、唸《うな》るように言った。

「ふざけないでください、久蔵さん。みおはまだまだ子供です。子供をからかうものじゃありませんよ」

「いや、でも十五と言ったら……」

「……久蔵さんの双子ちゃん達が十五歳になった時、なんなら私が良い縁談を見つけてきてあげましょうか？」

「すみませんでした！　俺が悪かったです！」

押し殺した声で言う宗鉄に、久蔵はすぐさま土下座して謝った。

ここは親馬鹿の見本市かと、弥助はあきれてしまった。

だが、二人のくだらぬやりとりを見ていたせいか、少し痛みをまぎらわすことができた。

さらに、腕に添え木を当てられ、なにやら嫌な臭いのする薬をたっぷりと塗りたくられたところ、嘘のように痛みが引き出した。

猿ぐつわをはずしてもらい、弥助はみおに尋ねた。

「みお、すごく楽になってきたんだけど、もう治ったたってことかい？」

「だめだめ！　動かさないで！　確かに、薬の効き目は強いけれど、すぐに骨をくっつかせるほどじゃないんだから。今は痛みを感じにくくさせているの。そうでないと、つらいでしょ？」

「ああ。ありがたいよ。千吉の前じゃ言えなかったけど、床を転げ回りたいくらいだったからな。……それじゃ、本当に治るのにどれくらいかかるんだい？」

「そうねえ。弥助さんは人間だから……たぶん、十日くらいかな」

「すごいな。そんなに早いのかい？」

「そのかわり、絶対に無理はせず、左腕を動かさないようにしてね。添え木も、次にあたし達が来るまではずしちゃだめよ。薬は、一日に二度、たっぷり塗ってね。もしかしたら、今夜から熱が出るかもしれないけれど、熱冷ましは飲まないで、ちょっと我慢してほしいの。熱冷ましを飲むと、こっちの塗り薬の効き目が弱まってしまうから」

てきぱき指示を出すみおに、弥助は感心した。

「もう一人前の医者だなあ、みおは」

「ふふ。そう？　ほんとにそう思う？」

「思うさ。小さかったみおが立派になったもんだ」

「そうよ。あたしはもう小さくないの。子供じゃないの」

目と声に力をこめて言ってくるみおに、弥助は少したじろいだ。

これはもう子供扱いするなと言っているのだろうか？　頭を撫でてやると、みおはいつも嬉しそうだったが、これからはそういうこともしないほうがいいのだろうか？

だが、弥助がそれを聞く前に、目を尖《とが》らせた宗鉄が割って入ってきた。

「さあ、もう行くよ、みお。他の患者が待っているし、弥助さんにこれ以上私達がしてあげられることはないんだから」

「ねえ、父様。あたし、ここに残って、弥助さんの看病をしてもいい？」

「だめに決まっている」

「でも……」

「だめなものはだめだよ。それじゃ弥助さん、みおがさっき言ったことをちゃんと守って、おとなしく養生していてくださいよ」

そうして、宗鉄は名残惜しそうな顔をしているみおの手をつかんで、風のように去っていってしまった。

目をぱちくりさせている弥助の隣で、久蔵がしみじみとため息をついた。

「男親ってのは、ほんとせつないもんだ。もうあと十年もしたら、俺もああいう気持ちになるのかね。ああ、未来の自分を見ているようで、胸が痛むよ」

「何言ってんだ、久蔵?」

「鈍《どん》くさいやつだね。わからないならいいよ。……うん、顔色も良くなってきたじゃないか。痛みはほんとに引いたんだね?」

「ああ、最初はごりごりと骨と肉を石臼《いしうす》でひかれているみたいだったけど、今はじんわり痛いくらいだ」

「そうか。なら、俺はいったん家に戻るよ。あ、煮炊きはするんじゃないよ。これから当分、飯は持ってきてやるから。それに、しばらくはうちの子達も近づけないようにするから、とにかくゆっくり寝てるんだ。いいね?」

「ああ。……色々ありがとな」

「うーん。おまえに礼を言われるのはやっぱり変な感じだねえ」

ぼりぼりと、体をかきながら、久蔵は帰っていった。

それからしばらくして、千吉が目を覚ました。左腕に添え木を当てている弥助を見るなり、千吉はしくしくとすすり泣きし始めた。

「ゆ、夢じゃなかったんだ……悪い夢だったら、よ、よかったのに」

「おいおい」

弥助は泣く弟を右腕で抱きよせた。

「そう泣くなよ、千吉。大丈夫さ。宗鉄先生の薬のおかげで、もうほとんど痛くないんだ。それに、みおの話じゃ、十日くらいで治るらしい」

「でも……弥助にいはこんな目にあっちゃいけないんだよ。……俺、もっと修業する。修業して、色々な術を覚えて、二度と弥助にいが転んだりしないようにしてみせるからね」

「ありがとな。その気持ちが嬉しいよ」

弥助はほっこりしながら、千吉の頭を撫でてやった。

千吉もやっと気持ちが落ちついてきたらしい。泣きやんで、弥助を見あげてきた。

「……腹減ったよね？　朝飯、俺が作るよ」

「あ、いや、飯はこれから久蔵が持ってきてくれるそうだ」

「それなら……薪割りはまかせてよ。洗濯も。俺、なんでもするから。そうだ。厠《かわや》に行く時は俺に言って。尻をふいてあげるから」

「いや、それはいい」

「遠慮しなくたっていいから」

「いや、遠慮させてくれ！　だ、大丈夫だ。使えないのは左手で、利き手の右手は不自由ないんだから！　たいていのことは問題なくこなせるさ。……あっ！」

「なに？　ど、どうしたの？　どこか痛い？　宗鉄先生を呼び戻してこようか？」

「いや、そうじゃないんだ。ちょいと思いだしてさ。……明日、餅つきだったな」

「あっ……」

弥助と千吉はまじまじと顔を見つめあった。

毎年、年の終わりが近づいた頃に、久蔵一家と一緒に餅つきをするのが弥助達のならわしだ。これを、二人とも楽しみにしていた。

「それそれ！」というかけ声もにぎやかに餅米をつくのは、まるで祭りのような楽しさがあった。どんなに寒くとも、最後にはいつだって汗をかいていて、冬空に舞いあがれるような爽快感がある。

それに、できた餅を丸めていくと、「ああ、一年ももう終わりだな。来年も楽しく良い年にしたいものだなあ」という気持ちになるのだ。

だが、弥助がこのありさまでは、明日は杵《きね》を持つどころか、餅を丸めるのすら無理だろう。

しょぼくれた顔をする兄を、千吉はすぐさま慰めた。

「しかたないよ。弥助にいは見ててよ。俺が弥助にいの分まで餅をつくから。それに、久蔵さんにもがんばってもらえば、いつもどおりの量の餅がこしらえられるよ」

「うん。そうだな。でも、ほんと間が悪かったなあ。よりにもよって、餅つき前に腕を折っちまうなんて」

弥助はつくづく自分の不注意をうらめしく思った。

だが、悪いことは重なるものだ。

翌朝、「そろそろ餅つきするかい？」と、久蔵達のいる母屋に声をかけに行った弥助と千吉は、唖然《あぜん》としてしまった。

久蔵が布団の上にうつ伏せになり、うんうん唸っていたのである。なんと、今朝方、ぎっくり腰をやらかしてしまったというのだ。

「おまえ、なんでまた今日に！」

思わず弥助が言えば、久蔵は負けじと言い返してきた。

「おまえがそれを言うのかい、弥助！　いててて っ！　そ、そもそも、俺がこんなふうになったのは、もとはと言えば、昨日、おまえを運んだせいだと思う。つまりはおまえのせいだ。絶対そうだ！」

「また訳わからんことを言うなよな！　だいたい、そんなんでぎっくり腰って、どれだけひ弱なんだよ、おまえは！」

「馬鹿野郎！　俺は花よ蝶よと育てられた一人息子だって、常々言ってるだろうが！」

　があがあと怒鳴りあう二人を無視して、久蔵の女房の初音は千吉に言った。

「というわけなのよ、千吉」

「つまり……今日の餅つきはなしってこと？」

「ええ。弥助さんは腕を折ってしまったし、うちの人もあのありさま。さすがに、わたくし達だけでは餅つきは難しいでしょう」

　千吉のため息に、双子の娘、天音と銀音の悲しげな声が重なった。

「そんなぁ」

「楽しみにしてたのにぃ」

　しょんぼりとした顔をする娘達に、久蔵は慌てて言った。

「すまない！　ほんとすまない、二人とも。この埋め合わせはきっとするから……父様を許しておくれよ。な？　な？」

「おい、久蔵。俺と千吉には謝らないつもりかい？」

「すっこんでろ、このすっとこどっこい！　俺がうちのお姫さん達にわびているのが目に入らないのかい？　ああ、ほら。天音、そんな顔をしないでおくれ。銀音、な、泣かないでおくれよぉ」

平謝りの久蔵に、目をうるうるとさせながら銀音が訴えた。

「ねえ、父様。おじいさまを呼んだらどうかしら？」

「親父を？　無理無理。毎年、この時期はあちこちへの挨拶巡りで、それこそ目も回るほど忙しいんだから。俺だって大家の端くれだけど、無理を言って餅つきのための時を稼いでいたんだからね」

「じゃあ……長屋の人達にお手伝いを頼むのは？」

「それも難しいね。みんな、正月の支度にかかりきりだろうから。そもそも……あまり、他人にうちの敷居をまたがせたくない」

久蔵が何を心配しているのか、弥助と初音にはよくわかった。

初音は生粋の妖怪だが、十分に気をつけて、人間になりすましている。

一方、天音と銀音は半妖で、まだ幼く、いつうっかり誰かに正体を知られてしまうともわからない。

だからこそ、久蔵達はわざわざ町中ではなく、人気の少ない場所に居を構えているのだ。

ふたたびため息をつく双子のかわりに、千吉が久蔵に言った。

「宗鉄先生を呼んで、さくっと腰を治してもらうことはできないの？」

「もう来てもらったよ。朝方にね。でも、だめだってさ。どんな薬を使おうと、二日間は無理できないそうだ」

「……弥助にいの怪我もすぐには治せなかったし、あの先生、そんなに腕が良くないのかな?」

思わず口走る千吉の頬を、弥助は軽く指でつねった。

「こら、そんなこと言うもんじゃないぞ。俺はちゃんと手当てしてもらったんだから」

「ごめんなさい、弥助にい」

千吉は素直に謝ったものの、その顔は沈んだままだった。

「千吉……そんなに餅つきしたかったのか? あきらめきれないのか?」

「うん。だって、餅は弥助にいの大好物だから」

「なんだ。俺のためだったのかい? だったら、気にすることないぞ。餅は買ってくればいいんだ。そうすれば、正月の雑煮《ぞうに》にも困らない」

「………」

千吉は黙りこんだが、双子が抗議の叫びをあげた。

「やだ! そんなの、ちゃんとしてない!」

「ちゃんと自分達でこしらえたお餅がいい! そうじゃないと、お正月を迎えられない気がするんだもの!」

うーむと、大人達は顔を見合わせた。

ここで、弥助ははっと思いついた。

「人間を頼れないなら、いっそ妖怪達に助っ人を頼んだらどうだい？　初音さんの家の人達は？　お乳母《うば》さんに事情を話せば、蛙《かえる》達をよこしてくれるんじゃないか？」

「よしとくれ！」

悲鳴のような声をあげたのは久蔵だ。その顔は真っ青になっていた。

「俺の腰を悪化させる気かい？」

「なんでだよ？　いい考えだと思うけど」

「馬鹿野郎！　俺がこんな様《ざま》だと知ったら、あのお乳母さんのことだ。嬉々としてやってくるぞ。で、ずっと俺の横にはりついて、婿《むこ》殿はなんと弱々しいことでしょうねえ、とかなんとか言ってくるに違いない。餅つきが終わる頃には、俺は干物みたいになっちまっているよ、絶対！」

それはおおいにありえることだった。なにしろ、初音の乳母、萩乃はいまだに久蔵のことを「大事な姫様を奪っていった、じつに気に食わないやつ」と思っているのだから。

「……お乳母さんの嫌味くらい辛抱《しんぼう》したらどうだ？　子供達のためなら火の中水の中って、いつも言っているじゃないか」

「怪我人に殺生《せっしょう》なことを言うんじゃないよ、弥助。ああ、火も水もどうってこたぁないさ。でも、あの人だけはだめだ」

「うーん。他に力になりそうって言ったら……そういや、初音さんには弟がいるって言っていたよな？　その弟さんに頼んだら……」

「あ、それは無理ですね」

初音は即座にかぶりを振った。

「あの子はまるで助けになりませんよ。なにしろ、本当に箸《はし》より重たいものを持ったことがないはずだから。杵なんて、振るどころか、持ちあげることもできないでしょう」

「……箱入り娘ならぬ箱入り息子ってわけかい？」

やれやれと思いつつ、弥助はさらに考えを巡らせた。妖怪を頼るというのはいい考えのはずだ。では、餅つきと聞いて、喜んで手を貸してくれるのは誰だろう？

梅妖怪の梅吉と、月夜公の甥っ子の津弓は、声をかければ、それこそ大喜びで駆けつけてくるだろう。だが、あの二人では杵は扱えない。熱い餅を臼《うす》の中でひっくり返すのも無理だろう。

玉雪は頼もしいが、昼間は人間の姿を保つことはできないし。

ああ、いっそ杵と臼が自分で餅をこしらえてくれればいいのだが。

ここで、弥助はひらめいた。

「そうだ！　十郎さんだ！」

「十郎さん……ああ、付喪神《つくもがみ》の仲人屋《なこうどや》をしている人ですね」

「そうそう。あの人なら、もしかしたら臼と杵の付喪神を知っているかもしれないだろ？」

「なるほど」

初音も笑顔でうなずいた。

「弥助さんも頭がよいこと。そういう付喪神がいてくれれば、餅つきはぐっと楽になるはずですものね。さっそく捜して、聞いてみるとします。その間、うちの子達をお願いできますか？」

「……そのうちの子達ってのには、久蔵も入っているのかい？」

「もちろんです」

「……やれやれ。しょうがない。わかった。久蔵もまとめて引き受けるよ」

「おいこら、弥助！　その嫌そうな顔と声はなんだい？　あたたたっ！」

「わめくな。体に変な力が入って、余計に腰が痛むことになるぞ。初音さん、ここはまかせて、十郎さんのところに行ってきておくれよ」

「はい」

さっと、初音は姿を消した。

さてと、弥助は子供達のほうを振り返った。

「心配するな。きっといいようになるさ。なんたって十郎さんは頼りになる人だからな」

「それじゃ、臼と杵の付喪神さんを連れてきてくれるかしら？」

「ああ、きっとそうなるさ、銀音。なにしろ、世の中には色々な付喪神がいるそうだからな」

だが、弥助の期待は外れた。

初音に連れられてやってきた仲人屋の十郎は、もの柔らかな顔に申し訳なさそうな表情を浮かべて言ったのだ。

「あいにくと、臼と杵の付喪神はあたしも出会ったことがないんですよ。いない相手を連れてくることはできませんからねえ」

「そ、そうかぁ」

「じゃ、やっぱり餅つきはなしなのね」

「ああ、天音！　泣かないでおくれよぉ。父様まで悲しくなっちまうよぉ」

さすがにがっかりする面々に、十郎はにこりと笑った。

「でも、お役には立てると思いますよ」

「え？」

「付喪神はいなくとも、あたしには頼もしい知り合いがいるのでねえ。餅つきは大好きだって言っていたし、助っ人になってくれるでしょう。ここに来る前に声をかけてきたから、じきに来てくれますよ」

その言葉が終わってすぐに、「おーい、来たよぉ！」と、張りのある女の声が轟《とどろ》き、続けて空から誰かが庭先に飛びおりてきた。

どしんと、地面を震わせて仁王立ちになったのは、背の高い女の

あやかしだった。この寒いのに、上には黒い革の前掛けをつけているだけ。むきだしになっている肩も、四本ある腕も、むきむきと音がしそうなほどたくましく盛りあがっている。顔立ちは整っていて、なかなかの美人なのだが、豪快な性格が表情に滲《にじ》み出ていて、思わず「姐御《あねご》！」と呼びかけたくなる。

双子と久蔵は目を見張ったが、弥助と千吉は見知っている相手だったので、すぐに笑顔になった。

「なんだ。助っ人って、あせびさんのことだったのか」

あせびは、妖怪奉行所、東《ひがし》の地宮《ちぐう》の武具番だ。様々な任務に駆り出される烏天狗《からすてんぐ》達のため、武器や道具をこしらえたり、修理したりしている。東の地宮にとっては、まさになくてはならぬ存在だ。

そして、あせびは十郎と良い仲でもあった。

今も、十郎は自分よりもはるかに背の高いあせびを、嬉しそうに久蔵達に紹介した。

「こちらはあせびさん。あたしの恋人ですよ。べっぴんでしょう？」

「うん。すごく……いいですね」

「でしょでしょ？」

「こら、十郎！　初対面の相手にのろけなんか言うんじゃないよ。恥ずかしいじゃないか」

吐りつけながらも、あせびはまんざらでもない顔をしている。あいかわらず仲が良いんだなと、弥助はさらに笑った。

「ともかく、来てくれてありがとさん！　あせびさんがいてくれたら、百人力さ」

「こちらこそ、呼んでもらえて嬉しいよ。餅つきは昔から大好きでね。昨日も、東の地宮で正月用の餅を五十人前ほどついたんだけど、あれじゃ足りない。ってことで、あたしにまかせて、怪我人どもはそこでおとなしく休んでおいで。初音さんは早く餅米を蒸しておくれ。もうつきたくてつきたくて、うずうずしているんだ！」

ごきごきと、四本の腕を鳴らすあせび。頼もしいにもほどがあると、その場にいる全員が思った。

だが、あせびの働きぶりはそんなものではなかった。

実際に餅つきが始まるや、誰もが絶句した。

なんと、あせびは二本の腕で杵を振るい、残る二本の腕で臼の中の餅米をかき混ぜだしたのだ。つまり、二人がかりでやる作業を一人でこなしてしまうのだ。しかも、恐ろしく速い。

「うらああああっ！」

「あああああっ！」

「りゃあああっ！」

雄叫びをあげながら怒濤《どとう》の勢いで杵を振るうあせびは、鬼神そのもの。他の者達は見物するのが精一杯だった。なにかと手伝いをしたがる千吉や双子も、「自分もやりたい！」と声をあげることさえできなかった。

布団に横たわったまま、久蔵がぼそりとつぶやいた。

「餅つきって……もうちっと風情があるもんじゃなかったっけ？」

「うん。俺もそう思ってた」

「あたしも」

「あたしも」

「俺も。……あせびさんには除夜の鐘をついてもらいたくないね」

「そうだな、千吉。俺もそう思うよ」

情緒もへったくれもない連打をやらかすのが目に浮かんだ一同だった。

そんな中、一人、十郎だけがにこにことしていた。

「ああ、やっぱりあせびさんは体を動かしている姿が一番きれいだ。生き生きしてて、お日様みたいにまぶしい。よっ！　日本一！」

「おおっ！　もっともっと応援しておくれ！　あんたに声かけられると、力が湧いてくるよ」

「お望みとあらば、喜んで。いよっ！　餅つきの女神！　ああ、ほんとにほんとにきれいですよぉ！」

「おっしゃあああ！」

十郎のかけ声を受け、あせびはあっという間に最初の餅をつきあげてしまった。

「そうら、できたよ！　今度は子供達の出番だ。あたしが次の餅米をついている間に、これを適当な大きさに千切って、丸めていっておくれ」

「わあ、やるやる！」

「やっとあたし達の出番ってことね！　がんばるわよね、千？」

「もちろんさ。弥助にい、どのくらいの大きさの餅がほしい？　うんと大きいのがいいかい？」

「そんなよくばらなくていいよ。雑煮や汁粉に使いたいから、椀にちゃんと入る大きさにしてくれ」

「わかった！　まかせといて！」

子供達ははりきって、つきたての餅を千切り、熱い熱いと声をあげながら丸めだした。

毎年やっていることなので、三人とも、とても手際が良かった。

あせびはびっくりしたような顔をした。

「おや、驚いた。うまいじゃないか。これならまかせても大丈夫そうだね。ってことで、初音さん、次の米はまだかい？」

「も、もう少し蒸すのに時間がかかりそうだから、ちょっとお茶でも飲んでいてはどうです？」

「いや、いいよ。ちょうど体も温まってきて、調子が出てきたところだし。そうだ。待っている間、薪割りでもやらせてもらえないかい？」

「それは助かりますが……ほんとにいいんですか？」

「もちろんさ。包丁とか、研ぐものがあれば出しておくれ。それもちゃっちゃと終わらせちまうから」

機嫌良く言うあせびに、初音はそんなに甘えてはと断ろうとした。だが、十郎が口をはさんできた。

「やらせてあげてください、初音さん。あせびさんはとにかく動いているのが好きなんですよ。あせびさんのためと思って。ね？」

「そうですか。では……お願いします」

初音がうなずいたので、横で話を聞いていた弥助も思いきって声をあげた。

「それじゃ、図々しいけど、俺のところの包丁もお願いできるかい？　だいぶ切れなくなっちまっているんだ」

「いいともさ。なんでも持っておいでよ。数が多いほうが、あたしとしても楽しいしね」

「ああ、本当に助かりますよ。うちの人は、道具の手入れとかは全然できないから」

「初音ぇ、ぎっくり腰の夫にもっと優しくしておくれよぉ」

大人達があせびを囲んでわいわいとやっている間も、千吉達はせっせと餅を丸めていった。熱々の、真っ白な餅が、ころころとした丸餅に変わって、どんどん皿の上に重なっていくのを見ると、「ああ、もうじき正月になるんだ」という気持ちになる。

もちろん、つまみ食いも忘れない。ちょこちょこと、大人の目を盗んでは口に千切った餅を放りこんだ。

つきたての餅はほんのり甘く、こしがあって、本当に美味《おい》しかった。だめだとわかっていても、正月用の分まで食べたくなってしまう。

このつまみ食いのことを見越しているからこそ、初音はいつももう一升、餅米を用意しているわけだ。

その残りの一升も蒸しあがり、あせびによってこれまたあっという間に餅へとつきあげられた。

「うわあ、すごいのねえ、あせびさん」

「ありがと、あせびさん。じゃ、ほら、あたし達と一緒に餅を丸めようよ」

「え？　あ、いや、それは遠慮しておくよ」

それまで自信に満ちた顔をしていたあせびが急に弱気な表情を浮かべたものだから、子供達も大人達も驚いた。

「どうして？　……もしかして、お餅を丸めるのが嫌いなの？」

「いや、そうじゃなくて……たぶん、うまくできないから」

あたしは料理はからきしなんだと、あせびは恥ずかしそうに打ち明けた。

「昨日の餅つきでもがんばってはみたんだよ。でも、どうにも不格好な形ばかりできてしまってね。なんでだろうね。道具の修理とか、細かい作業はいくらでもできるんだけど。いまだに握り飯もうまく握れなくてさ。だから、いつも十郎に迷惑ばかりかけてて……ほんと申し訳ないよ」

意外だと、みんなが目をぱちぱちとさせる中、十郎は優しいしぐさであせびの頬を撫でた。

「そんなこと、気にしなくたっていいんですよ。何度も言っているじゃないですか。あせびさんはあせびさんでいいんです。自分が得意なことをして輝いててくださいよ。あせびさんにできないことは、あたしがやればいい。飯でもなんでも、いくらでも作りますからね」

「十郎……」

「それに、自分で言うほど料理下手ってわけでもないですよ。この前の味噌汁、具に蝙蝠《こうもり》が入っていなければ、けっこういけたと思いますよ。川魚の焼いたのだって、焦げた部分をこそげ落としたら、美味しい一口をいただけたし。大丈夫、大丈夫。あせびさんには料理上手になれる下地がある。ゆっくり育てていけばいいだけですよ」

「十郎。あんたのそういうところ……大好きだよ！」

がばっと、あせびは四本の腕を広げて、十郎を思いきり抱きしめた。

「ほんとにもう！　あんたって男は。……絶対に逃がさない。逃げてもね、絶対捕まえるから。烏天狗の連中をけしかけて、あんたの居場所を見つけださせて、ふん縛ってでもあたしのところに連れ戻すからね」

熱をこめて、そして力もこめて十郎を抱きしめるあせび。めきめきっと、十郎の体から変な音が聞こえてくるものだから、周りの者達ははらはらした。

だが、十郎は嬉しそうににやつくだけだった。

「だから、逃げたりなんかしませんって。ぐえっ！　そ、それより、私用で烏天狗達を使っちゃだめでしょう」

「平気さ。新しい道具を試すのをやめてやると言えば、あいつらはなんだってやってくれるだろうからね」

あせびは役立ちそうな道具や武器を作っては、烏天狗達でその効果や性能を試すのだ。そうして改良を加えていくわけだが、試されるほうはほぼほぼひどい目にあう。たまったものではないと、烏天狗達はあせびのことをそれは恐れているのである。

と、ここで天音と銀音が真面目な顔になって、あせびのことを見あげた。

「ねえ、あせびさん。お願いがあるの」

「なんだい？」

「あせびさんは右京と左京を知っている？」

「飛黒さんの双子のぼっちゃん達かい？　もちろん。あたしの工房にもよく来てくれるよ。あの二人がどうかしたかい？」

「うん。あの二人で道具を試すのはやめてほしいの。できるだけ、他の烏天狗達にしてほしいの」

「そりゃまたどうして？」

「だって……ねえ、銀音」

「ねえ、天音」

ちょっと顔を赤らめながら、双子はもじもじと下を向いた。

「あせびさんのお薬で、お尻の羽が全部抜けちゃった烏天狗もいるって、前に聞いたの」

「匂い玉とかのせいで、ひどい臭いが染みついちゃった烏天狗もいるんでしょ？　右京と左京にはそういう目にあってほしくないの。だって、あの二人はもしかしたら、あたし達のお婿さんになるかもしれないんだもの」

「ひょえ？」

あせびは面食らった顔をしたが、そばで話を聞いていた父親の久蔵はそんなものではすまなかった。腰の激痛もかまわずに起きあがり、娘達につめよったのだ。

「あ、天音！　銀音！　そりゃいったい、どういうことだい！」

「父様、無理しちゃだめって、先生が……」

「そんなことはどうだっていいんだよ！　あの双子がおまえ達の、む、婿になるって、どういうことだい！」

「だって、普通に考えても、一番いいお相手だと思うんだもの」

双子はませた表情で久蔵を見た。

「あの二人のことならよく知っているし、あっちも双子だから、あたし達と釣り合っていると思うの」

「一番よく知っているのは千だけど、そもそも千は弥助にいちゃんのことしか見えていないしね」

「その点、右京と左京はすごく優しいもの。この前も一緒に遊んだけど、やっぱりすごく楽しかった。あたし達に花を摘んできてくれたし、ちょっとだけだけど、あたし達を抱っこして、庭の上を飛んだりしてくれたのよ」

「そうそう。今にもっと力をつけて、遠くまで連れて行ってくれるって、約束もしてくれたの。あたし、恋しいって気持ちはまだよくわからないけど、あの二人のことは好き。それは間違いないもの」

「あたしも。だから、お婿さん候補としては、あの二人が今は一番なの。父様だってそう思わない？」

「……思わない。みじんも思わないね、そんなこと」

ひどく押し殺した声で答えたあと、久蔵はあせびのほうを振り向いた。豪胆なあせびがひるむほど怖い顔をしながら、久蔵はゆっくりと言った。

「あせびさん、俺の心からの頼みだ。今後は、道具を試す時は、一番に右京と左京を使ってほしい。お願いできますよね？」

「い、いや、それは……」

「できますよね？　ね？　ね？」

「もう！　あなた、いい加減になさい！　ふざけていないで、さっさとお布団に戻って！」

「いいや、だめだ、初音！　今のうちに、なんとか手を考えておかないと！　寝込んでいる場合じゃないんだ！」

「お黙りなさい！」

「だめ、母様！」

「そんな怒らないであげて！」

ぎゃあぎゃあと、言い争いをし始めた久蔵と初音を、必死でなだめようとする双子の娘達。

そんな一家を、十郎は穏やかな目で眺めながら、そっとあせびにささやきかけた。

「あせびさんとあたしの間に娘ができたら、あたしもあんなふうになるんでしょうかね？」

「ば、馬鹿！　気が早いことを言っているんじゃないよ！」

「でも、そうなったらいいと思いません？」

「う……そ、そりゃまあ、いいなとは思うけどさ。で、でも、そういうことは二人きりの時に話したいというか……」

「ふふ。あいかわらず、あせびさんは照れ屋ですねえ。そこがまたかわいいんですけどね」

「馬鹿……」

悪態をつきながらも口元をゆるませるあせびは、端から見ても幸せそうであった。

そして、弥助と千吉はと言うと、二人でこっそり餅をつまみ食いしていた。

「うまいな、これ！」

「ね！　もっと食べてよ、弥助にい」

「いや、それじゃ正月の分がなくなっちまう」

「大丈夫。俺のを弥助にいにあげるからさ」

「いや、そうはいかないって。やっぱりこれで最後にしとこう。そのほうが、正月がいっそう楽しみになるってもんさ。それにしても……にぎやかだなあ」

久蔵一家、そしてまたあせびに抱きしめられている十郎を、弥助はしみじみとした目で眺めた。

騒がしいかぎりだが、こうして騒げることは幸せなことなのだ。みんなで集まり、しゃべり、笑いあうことができる。

ああ、年末の餅つきは本当に良いものだと、心から思った。

「来年のことを言うと鬼が笑うって話だけど……来年もいい年になりそうだな」

「うん。来年は今年よりももっといい年にしようね、弥助にい！」

「ああ、そうしような」

弟と約束を交わしたあと、弥助は「そのくらいにして、残りの餅を丸めちまおう」と、久蔵達に声をかけに近づいた。

鼓《つづみ》丸《まる》の毛

鼓丸は小さな犬神《いぬがみ》だ。一族の中で誰よりも体が小さく、力も弱い。だが、それに弱気になることも、引け目を感じることもなかった。

そんなふうに思うのは時間の無駄もいいところ。ぐじぐじ悩むくらいなら、主君であり一族の長《おさ》である朔ノ宮に、美味《おい》しいものをこしらえてあげるほうが、ずっとずっとためになるというものだ。

とはいえ、そんな健気《けなげ》で一生懸命な鼓丸にも、悩みはあった。

なにかというと、「かわいい!」と、周りの者達から言われることだ。時には、問答無用で抱きつかれ、もふもふと撫でられてしまう。勇ましいものに憧れる鼓丸にとって、これはなかなか屈辱《くつじょく》的なことだった。

が、実際のところ、鼓丸がかわいさにあふれた見た目をしているのだ。つぶらな目に、いつも笑っているかのような口元。特に、みっしりと全身を覆《おお》う茶と黒の長い毛のせいで、体はいつもまん丸で、まるまる太った子狸《こだぬき》そっくりに見えてしまう。

この毛さえなかったらと、鼓丸はうらめしく思っていた。

毎日よく櫛《くし》をとおしておかないと、すぐにもしゃもしゃとこんがらがるし、空気が乾燥すると、ぱりぱりと小さな稲妻《いなずま》を放つようになるし。

冬場は暖かくてありがたいが、それ以外の季節では役立たずだ。特に夏は、たまったものではなかった。暑さで何度も倒れそうになるので、一日に何度も水を浴びなくてはならない。だが、濡れたら濡れたで、乾かすのにとても時間がかかる。

いっそ短く刈りこんでしまいたいところだが、主の朔ノ宮に禁じられているから、それも叶わない。

「私はそのままのぽんが好きだぞ」

心から尊敬している朔ノ宮にそう笑いかけられては、鼓丸に何ができようか。

「ああ、でも、ぽんって呼ぶのはやめてほしいです、本当に」

ぽん。鞠《まり》のように丸くて、ぽんぽんとはずみそうだから、ぽん。

このあだ名をつけられたのはずっと前のことだが、鼓丸はいまだに気に入っていなかった。おまけに、朔ノ宮だけならまだしも、朔ノ宮に弟子入りした子供達、千吉、天音、銀音までもが「ぽん」と呼んでくる。

「ああ、体が小さくても力が弱くてもかまわないから、もっときりりとした姿だったらよかった。そうすれば、ぽんなんて呼ばれなかったはず」

ため息をつきながら、鼓丸は湖のほとりに向かった。その日もとても暑くて、また水浴びをしておかないと、とても体が保《も》ちそうになかったのだ。

妖怪奉行所、西《にし》の天宮《てんぐう》は、鏡のような丸い湖の中にある。だから、鼓丸はちょっと天宮を離れて、足がつくような浅瀬に飛びこむだけでよかった。

水は冷たくて、火照《ほて》った体をじゅっと冷やしてくれた。

「ふう、気持ちいい」

ぱしゃぱしゃと、ひとしきり泳いだあと、水からあがろうとした。

と、ここで、三人の子供が少し離れたところからじっとこちらを見ていることに気づいた。

朔ノ宮の弟子となった子供達だ。今日はまたずいぶん早くここに来たなと、鼓丸は少し驚いた。それに三人とも、なんだか変な顔をしている。いつもなら駆けよってきて、「ぽんちゃん！　こんばんは！」と、抱きついてくるのに、石のようにかたまっているではないか。

首をかしげながら、鼓丸は水の中から声をかけた。

「もう来たのですか？　私が迎えに行くつもりだったのに。誰かに送ってもらったんですか？」

鼓丸の言葉に、子供らは顔を見合わせ、ひそひそとささやきだした。

「誰？」

「声は……聞き覚えがあるけど……え、嘘。嘘だよね？」

「いや、銀音……たぶん、当たっていると、思うぞ」

「でも……全然違うよ」

戸惑ったような顔をしている子供達に、鼓丸はむっときた。まったく、この子達ときたら、何をふざけているのだろう？　ここは一つ、きちっと叱ってやるとしよう。

鼓丸はできるだけ怖い声を作って言った。

「なんなのですか、もう！　兄弟子に対して失礼ですよ！」

びくりと、子供達が体を震わせた。双子《ふたご》のかたわれ、天音が泣きそうな顔をしながら言った。

「ぽん、ちゃん、なの？」

「だから、ぽんちゃんって呼ばないでください。これでも、あなた達の兄弟子なんだと、何度も言っているでしょう？」

ぷりぷりしながら鼓丸は水からあがり、ぶるぶるっと身震いをして、毛から水気をはじきとばした。まだだいぶ濡れているが、空気そのものが暑いから、じきに乾くことだろう。

手早く白い衣を身につけ、鼓丸はまだかたまっている子供達にてきぱきと声をかけた。

「ほら、行きますよ。今日は色々とやってもらいたいことがあるんです。これも修業の一つ。文句は言わないでくださいよ」

「う、うん」

「わかった」

その夜、子供達はいつになくおとなしく、そして鼓丸の言うことをよく聞いて動いた。雑用が早く片付いたことに喜んだ鼓丸は、ご褒美として子供達に饅頭《まんじゅう》をあげた。するとだ。神妙な顔をしながら、千吉が自分の饅頭を鼓丸に差しだしてきたではないか。

「ぽん、これ、やる」

「え？　いいんですか？」

「うん。今はそんなに腹が減ってないから」

「あたしのもどうぞ」

「ほら、あたしのもあげるね」

まるで貢ぎ物のように饅頭を渡され、鼓丸は最初はびっくりした。が、すぐに、ははあっと思いあたった。

「この三人も、ようやく私が兄弟子だってことを認めたんですね。よしよし。よかったよかった」

鼓丸は少し得意になった。

自分の濡れた姿に、子供達が大変な衝撃を受けたことなど、知る由もなかった。

満足そうに饅頭を食べ始めた鼓丸を眺めながら、子供達はひそひそとまたささやきあった。

「知らなかった。ぽんちゃんが、あ、あんなにがりがりだったなんて。……もっと太らせてあげなくちゃ」

「そうだな」

「これからもおやつをわけてあげようね」

「ああ。今度、弥助にいに頼んで、茹《ゆ》で卵をもらってくるよ」

「あたしも、母様に頼んで、食べ物を持ってくる」

「そうね！　あたし達でぽんちゃんを本物のぽっちゃりにしてあげなくちゃ！」

堅く誓いあった子供達であった。

あとがき

『妖《あやかし》たちの気ままな日常』を読んでくださり、ありがとうございます。楽しんでいただけたでしょうか？

さて、〈妖怪の子、育てます〉シリーズもこれで三冊目となりましたが、この本は、いつもとはひと味違います。文庫版、児童書版それぞれの読者の方々から募集したオリジナル妖怪達が登場しているのです。「軒先にたたずむもの」の「言霊姫《ことだまひめ》」、そして「仲の悪い三兄弟」の「石蔵《せきぞう》一家」です。どちらも、いただいた妖怪プロフィールを読んだとたんに、頭に物語が浮かんできました。「言霊」の山本莉子さん、「石蔵、砂平《さへい》、ころ丸《まる》、どろ吉《きち》」の土竜《もぐら》さん、本当にありがとうございました。

それ以外にも、たくさんのすてきな妖怪アイディアをいただいたので、この本の中のあちこちにちりばめさせていただきました。読者の方々の想像力に感心する一方で、とても刺激も受けました。私ももっとおもしろいキャラクターを生みださなくては！

次巻ではまた新しい妖怪を登場させたいと思っております。どうかお楽しみに。

検 印
廃 止

著者紹介 神奈川県生まれ。『水妖の森』でジュニア冒険小説大賞を受賞し、2006年にデビュー。主な作品に、〈妖怪の子預かります〉シリーズや〈ふしぎ駄菓子屋 銭天堂〉シリーズ、〈ナルマーン年代記〉三部作、『送り人の娘』、『鳥籠の家』、『銀獣の集い』などがある。

妖怪の子、育てます3
妖《あやかし》たちの気ままな日常

2023年6月9日 初版

著 者 廣《ひろ》 嶋《しま》 玲《れい》 子《こ》

発行所 (株) 東京創元社
代表者 渋谷健太郎

162-0814/東京都新宿区新小川町1-5
電 話 03·3268·8231-営業部
03·3268·8204-編集部
URL http://www.tsogen.co.jp
DTP フォレスト
暁印刷・本間製本

乱丁・落丁本は、ご面倒ですが小社までご送付ください。送料小社負担にてお取替えいたします。

ISBN978-4-488-56515-2 C0193

心温まるお江戸妖怪ファンタジー・第1シーズン

〈妖怪の子預かります〉

廣嶋玲子

＊

ふとしたはずみで妖怪の子を預かる羽目になった少年。
妖怪たちに振り回される毎日だが……

1. 妖怪の子預かります
2. うそつきの娘
3. 妖《あやかし》たちの四季
4. 半妖の子
5. 妖怪姫、婿をとる
6. 猫の姫、狩りをする
7. 妖怪奉行所の多忙な毎日
8. 弥助、命を狙われる
9. 妖《あやかし》たちの祝いの品は
10. 千弥の秋、弥助の冬

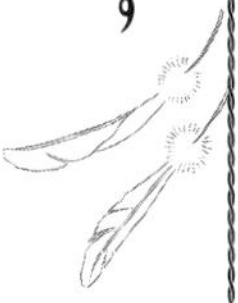

装画：Minoru